開卷有益坊

木桃集

朱航满 著

文汇出版社

目 录

001　我收藏的知堂文集

012　周作人的茶饭文章

018　木桃与琼瑶

024　"清淡质素"才有味
　　　——关于《知堂谈吃》

030　关于《一岁货声》

037　"诚有讽世之意"
　　　——关于《看云集》

043　"文章底下的焦躁"
　　　——关于《瓜豆集》

051　"无人共话小川町"
　　　——关于《药味集》

057　"老婆心的废话"
　　　——关于《苦口甘口》

063　"偶然拄杖桥头望"
　　　——关于《知堂乙酉文编》

I

071 "不俗" 的辩解

　　——关于《知堂回想录》

079 可畏亦复可爱

　　——黄裳诞辰九十五周年纪念

085 书之归去来

　　——《黄裳书话》及其他

095 凤鸣·银鱼·富春

　　——读黄裳札记

100 榆下风景

105 "黄跋" 的故事

　　——黄裳的一次笔仗

112 谷林的晚岁上娱

118 发潜德之幽光

　　——读《觉有情——谷林文萃》

123 如面谈

128 购谷林签名本记

136 读《闲花》

140 孙犁的魅力

146 写在孙犁边上
　　——读《布衣：我的父亲孙犁》

152 "我有洁癖"
　　——孙犁的读书态度

158 关于《钓台随笔》

164 苍苍横翠微
　　——董桥散文杂识

170 旧派人的风雅
　　——读《青玉案》和《记得》

175 好书似美人
　　——读《绝色》之一

180 好书美如斯
　　——读《绝色》之二

186 燃灯者

　　——《海滨感旧集》及其他

194 舐犊情深

198 钱锺书的"No can do"

202 孙郁先生二三事

213 温雅的光亮

　　——孙郁的学术底色

219 闲话《革命时代的士大夫：汪曾祺闲录》

223 一脉文心

　　——读"当代文学经典读本"

229 关于止庵

234 "略知门径"

　　——读《插花地册子》

241 鱼飞向北海，可以寄远书

　　　——读《远书》

246 气味辨魂灵

　　　——读《周作人传》

251 后记

我收藏的知堂文集

　　周作人的文章，我是极爱读的。他的各种集子，一度曾是有见必买。但我买周作人文集的各类版本，不是为了收藏，而是通过不同的版本来体会知堂文章的妙处，看重的还是文章内容的呈现。最近偶然买到了中华书局的一册《买书记历》，读到其中多位书迷收藏知堂集子的文章，可谓大开眼界，自叹不如。诸如止庵的《藏周著日译本记》，就介绍了其收藏的八种日译本，在周著收藏中也是很不寻常的；再如臧伟强君的《我的题识本题赠本集藏》，就写了其二〇一一年在北京嘉德拍卖会上见到香港藏家鲍耀明先生所藏的周作人新文学著作，共计三十三种、三十四册。预展的首日，臧君发现这批鲍耀明藏书以新文学图书为主，初版和毛边居多，原系苦雨斋旧藏，大约是一九六〇年到一九六六年间，由知堂老人赠送给身在港岛的鲍耀明的。对于这些知堂的旧藏，还有特别之处，"或扉页，或环衬，多附知堂题字（并印），墨迹笔笔不苟，字字精劲"。臧君显然是痴情于知堂旧藏的书迷，其欣喜之情跃然纸上："掩卷过后，窃以为，这批知堂赠书，版本之绝，品相之妙，题字之夥，合而为一，堪称大观。通览既往面世知堂签名本中的精湛者，恐无出其右。展对知堂墨迹，笔者不时称绝，情难自抑，几近大喊出口，数度为身旁的韩斗及白文俊兄以手势制止。"

止庵购藏的日译本与臧伟强所得的题签本均是值得作文说说的。这些知堂文集的藏本对于一般的读者来说，要么因为地理的缘故难以实现，要么需要不菲的资金作为支撑，均非常人能实现的事情。不过，在这册《买书记历》中也有几篇文章，写到了藏家在旧书冷摊上与知堂旧作相遇的缘分，也都堪称奇遇。诸如胡桂林在《我的买书琐忆》中，写到他曾在海王村二楼的旧书摊上以一元钱的代价买到一册周作人题跋的旧书，并也在北京书摊上以不高的价格买到周作人签赠俞平伯的《药堂杂文》初版本；再如赵龙江在《拾到的知堂遗物》中，便写到了一九九五年他在琉璃厂的中国书店古旧书市上买到一册知堂题签的旧书。赵君也有一段有关当时情景的追忆，颇为可爱，不妨抄录："近午，准备收工回返，徘徊顾盼间，偶见邻近线装残本书堆正在上书，一群资深书迷正自抱一摞往僻静处拣择，看这近于抢夺的画面，不禁暗自好笑。心想，如此残本，不过是商家借特价饵客，何以如此疯狂？于是俯身拾起一本散落在地的小册子，随手翻到内页，居然还有一段墨笔题记，实出意想之外，继而凝睇字迹，竟是知堂老人亲笔。此时心跳不止，激动之情可想。急忙合上书页，深恐被识者瞥见，稍自镇静，不敢有洋洋之色。之后也未敢声张，又随手拾起一本'辛勤庐丛刻'夹在一起匆匆交款，一元一本，果真价廉，放在今日则近于白送，惟怪众人争相拥购，你抢我夺。不敢久留，何况囊钱将尽，急回返。"

关于收藏周作人的著述，止庵在《藏周著日译本记》中有过这样的界定："依我之见似应包括：一、他的著译作品。二、别人编辑的他的作品的选本。三、他的作品的外文译本。以上均以周氏生前为限，且盗版翻印者不在其列。四、周氏生前编定未及出版，在其身后印行的著作。至于后来他人重印、选编或汇辑的书，以及晚出的外文译本，恐怕没有收藏价值。"如果按照止庵先生的意见，我所收藏的周作人的文集，基本都应该算是"恐怕没有收藏价值"的了。按说不必来作"我收藏的知堂文集"这样的文章的，但我也很认同止庵在此文开篇中的一句话："我买书都是为了阅读，至少要有阅读的可能性；我觉得一本书得到阅读之后它的价值才体现出来。所以我一向不买那种不读也值得收藏的书，而且没写过这方面的文章。"这话固然说得很有情理，不过总有些同样热衷周氏文章的朋友，时常会让我推荐可供阅读的集子，这事看似简单，实则常费脑筋。坊间可供购买的周氏集子实在太多，包括专门出售二手书的孔夫子旧书网上，恰如止庵先生所言的那种"后来他人重印、选编或汇辑的书，以及晚出的外文译本"，乃是价格既廉，印制也佳，但也有不少鱼龙混杂的编选集子，对于爱好周作人文章的读者来说，并不是有益的。因此，我很觉得写写自己寓目和集藏的较佳版本的周氏文集，也并非不值得一谈的事情。

对于周作人身后出版的各类集子，首先应提及他的散文全集、译文全集和文章类编，其二是重印的自编文集，其三是他人编选的各类集子。我自己买这些周氏的各类著述，并非珍贵少见的版本，故而难有离奇的经历，但其中略有几分心得，想来也是一件饶有兴味的事情。诸如长沙锺叔河先生编选的《周作人散文全集》和北京的止庵先生编选的《周作人译文集》，两种都是皇皇大著，定价不菲，印制极精，我都在网上购买了。对于喜爱周氏著述的资深书迷来说，这类书乃是必藏的。对于我来说，也并非必然要购藏，只是担心若绝版了，则恐怕难有一时再举如此幸事的机缘了；这两套全集买回来后基本上粗粗翻阅一过，唯一感叹的是周氏生前创作之勤奋，著译之丰富，而其生前自编的文集仅也是其中的一部分罢了。散文全集各册均厚，对于读者来说也多有不便，我曾一度放在床头，但几乎很少翻阅；可散文全编按照时间顺序来编选，对于整体了解周氏散文的脉络极有好处。念楼先生编选的《周作人文类编》由岳麓书社出版，我是二〇〇九年在北大的一家旧书店买到了一套全新的，费资仅一百五十余元，据说乃是因为止庵校订的《周作人自编文集》和锺叔河先生编选的《周作人散文全集》的出版，影响了这套文集的销售，故而降价处理；而我以为这样的说法未必可靠，文类编也有其独特价值，买来读读也是很不错的选择。

关于周作人的自编集，周氏身后出版的自编文集当以锺叔河和止庵两人校订的为主。锺叔河先生二十世纪八十年代初曾陆续在湖南的岳麓书社出版周作人的自编文集，并在报刊上做广告，名为"人归人，文归文"，影响很大，但最终受阻未能全部出版，仅得十五种。如今锺先生出版的这些周氏自编文集也已少见，十五六年前我在南京读书，曾在南京大学东门的一个书摊上见到锺先生校订编选的一册《苦竹杂记》，绿色封面，薄薄的册子，书名集自知堂墨迹，分外雅致，便随意询问价格，摊主出价十元，其时我每月有不足一百元的生活津贴，但还是准备购下，可没想到摊主却反悔了。关于止庵先生校订并由河北教育出版社出版的《周作人自编文集》，乃是二〇〇六年冬天，我在北京读研究生，某日前往鲁迅博物馆游览，在馆内的鲁博书屋看到这套书，其时并未打算购买，而是买了一套含有谷林先生《书边杂写》的"书趣文丛"，但那家书屋的主人大约觉得我还是一个读书种子，极力向我推荐这套周氏的自编文集，于是买了下来。这套文集带回学校，并未展读。二〇〇七年毕业后带回石家庄翠屏山下，才在工作之余集中进行了阅读。二〇〇八年夏天，我到鲁迅文学院参加中国作协的进修学习，临行前才基本将文集粗读一遍，也由此真正体悟到了周氏的义章之美。二〇一一年，我又到北京工作，身边无书，便买了北京十月文艺出版社重新校订和印制的《周作人自编集》，这大约便是购买周氏自编文集的经过。

十月文艺出版社出版的《周作人自编集》收入文集三十七种，但若在这些自编文集中先读哪本后读哪本，或者选取哪本来读，也是很难的事情。趣味不同，眼光不同，境界不同，择取的对象也是不同的，或许很难做出对与错的评判。诸如刘绪源先生在《解读周作人》一书中就认为周氏《药味集》和《书房一角》两册，便是其整个创作生涯最为成熟的两本书，原因在于："他的不少抄书之作，其审美价值，其给予人的充实感、丰富感和满足感，是超出他早期的小品之上的。"在倪墨炎先生看来，诸如《夜读抄》这样的抄书文章，"但也有引文过多的毛病，有时连篇累牍，不免令人生厌"。倪先生最欣赏周作人于一九二九至一九三一年发表的散文随笔结集《看云集》，并认为："从散文艺术的角度看，《看云集》是更臻成熟了。"他认为周氏收入此集中的带有政论任务的随笔，诸如《伟大的捕风》《论八股文》等，"没有任何政论的架势，像其他随笔一样，如同促膝谈天，娓娓道来，引证左右逢源，十分自然；和其他随笔不同的是，它们内容磅礴，知识丰富，主题重大，蕴含深刻"。另外，此集中的一组《草木虫鱼》，倪先生认为："谈金鱼，谈虱子，谈白杨和乌柏，谈水族，谈蝙蝠，真到了玲珑剔透的地步，称得上雍容，漂亮，缜密。"经过这番分析，倪先生以为："如说周作人的随笔散文到《看云集》时已达炉火纯青的地步，此话恐怕是符合实际的。"两位研究者对于周氏散文前后期的判断截然相反。以我的阅读经验来看，读周作人，还是从诸如《雨天的书》和《看云集》这类早期写就的散文入手较好，这也符合周氏散文创作的艺术发展轨迹。

关于周氏各类经后人编选的文集，我自己集藏颇多，但限于个人眼光和水准，读后觉得有价值也很适合同好翻读的则有如下几种：一、《知堂书话》，钟叔河编选，岳麓书社，一九八六年版；二、《周作人集》（上、下），止庵编选，花城出版社，二〇〇四年版；三、"苦雨斋文丛"，《周作人卷》，黄乔生编选，辽宁人民出版社，二〇〇九年版；四、"知堂文丛"（四卷），舒芜编选，天津教育出版社，二〇〇九年版。锺先生编选的《知堂书话》已经是周氏著作编选中的名作了，目前已有四个版本，第一个版本是岳麓书社的两卷本，小十六开，封面为白色带塑封，其中的版式较为紧凑，也是读周作人较为理想的本子，此册我在鲁迅文学院的图书馆借来读过，但并未买到过；第二版本是海南出版社的精装本，带套封，借自我曾供职单位的图书馆，后来离开这个单位，也未曾归还，至今成为一种纪念，但我并不喜欢这个版本，太厚是一个原因；第三个版本是中国人民大学出版社列入"朗朗书房"系列的本子，平装，但也过于厚，虽然已把之前书话中的序跋单列为一册《知堂序跋》，但还是厚；第四个版本则是岳麓书社二〇一五年推出的新版，锺先生重新校订，编成了《知堂序跋》《知堂题跋》和《知堂书话》三本。了解和阅读周作人，我以为锺叔河先生编选的《知堂书话》不可不读，这是周作人散文随笔中最主要也最有特色的文字，也是他最得意也写得最好的文字。

止庵编选的《周作人集》列入花城出版社的"大家小集"之中。止庵对于周作人的人与文皆有研究，对于版本和校订也是十分的熟稔，此册文集以一九三二年和一九四五年为界分前期、中期和晚期三卷，前期选文九十七篇，中期一百八十三篇，晚期四十六篇。以此看来，止庵对于一九三二年到一九四五年之间的周氏散文最为倾心，而这期间的文章结集的应为《夜读抄》《苦茶随笔》《苦竹杂记》《风雨谈》《瓜豆集》，其中多为"抄书式"的读书随笔，止庵的趣味由此也可见一斑。这册《周作人集》版式清朗，最为我喜欢的还有书中插图较多，且各篇均有题注，简要说明了发表及收录情况。说起周氏文集的版式和装帧，个人以为最能把握周氏设计神韵的乃是设计家张志伟。之前，河北教育出版社出版的那套《周作人自编文集》，全是小三十二开本，多为薄册子，封面设计素雅，多为读书人所喜爱；辽宁人民出版社策划出版的"苦雨斋文丛"也请张志伟先生设计，而此册著述无论从设计、插图、版式到纸张，以为都是最佳的，很能体味周作人苦雨斋雅致、清幽、细密、冲淡的风味。印制周作人的文章未必纸张要最佳，其实那种泛黄且略感粗糙的纸张反而更好，与周作人日常朴素的风格才得契合，而版式不必过于疏朗，字体也要略小才好，如此每页纸张才能尽量多排文字，这样可以前后照顾，对于了解周氏作文的章法更易理解。

辽宁版的这册《周作人卷》所收文章三十八篇，每篇皆列有发表出处，书前有周氏照片、书影及书稿等图片，书后有周氏的大事年表，目录前有学者孙郁为"苦雨斋丛书"所写的序言，书后又有黄乔生为此册《周作人卷》所写的编后记，两篇文章对于了解周作人以及此册文集的编法很有益处。此套丛书还列有《废名卷》《江绍原卷》《俞平伯卷》和《沈启无卷》，后三卷皆为周作人的弟子，故而称之为"苦雨斋文丛"，乃是试图通过这套丛书来体现周作人散文的文章美学的。其实，按照孙郁先生的说法，周作人之后曾暗暗有着一种研读、揣摩和学习周氏作文的文人群落，诸如黄裳、金性尧、张中行、邓云乡、锺叔河、谷林、扬之水、止庵、李长声、王稼句、张宗子等多人，皆可为文章家。如果按此想法编选一套"文丛"，也是很有趣味和益处的。在序言中，孙郁从废名的《中国文章》谈起，以为可看作是"苦雨斋师生间在文章美学里的纲领，他们的诗意的精神不免傲视群雄，自以为独得了天下文章的要义"。把周作人视为一种文学流派的领军人物来予以编选，或许是这册文集的独特之处。如果让我推荐一册适合阅读的周作人选集，我先推荐这册《周作人卷》。

与黄乔生编选的这册《周作人卷》风格类似的，应为舒芜先生编选的四卷本"知堂文丛"。在我看来，研究周作人散文艺术最为体贴也最得要旨的首推舒芜先生。买到这套"知堂文丛"实属偶然。大约是二〇〇九年，我因公务到北京出差，在石家庄火车站旁的文汇书城等车翻书时，发现了这套由舒芜先生编选的周氏文丛。按说舒芜先生编选的这套丛书从装帧到用纸，都算粗糙，但在编法上很得周氏韵味，全书分为《苦雨斋谈》《生活的况味》《看云随笔》《流年感忆》，基本上也是按照题材分类的方式来遴选周氏文章的，可算作是锺叔河先生编选文类编的另一个较为简洁的版本。此套文丛能将周作人的美文很是独到地呈现出来。书前收有舒芜先生的一篇代序《我怎么写起关于周作人的文章》，实为舒芜为编选周氏著作进行辩护的一篇文章。太白文艺出版社曾出版过一册很厚的《知堂小品》，书前也有舒芜先生的长篇序言，如若将此篇序言移至此处，岂不更好？了解周作人的散文艺术，舒芜先生的《两个鬼的文章——周作人的散文艺术》乃是必读的篇章。舒芜对于周作人的文章在此篇文章中进行了十分细致的评判和研究分析，并给予了极高的评价，也是我至今读到的关于分析周氏散文艺术最具耐心和艺术感觉的篇章。

说到舒芜，似乎不得不提及上海的刘绪源。如果说，在当代编选和校订周氏著作用力最勤者，南方的是长沙的锺叔河，北方的便是北京的止庵。而研究周作人的文章神韵，最能体会其中妙处的则有北京的舒芜和上海的刘绪源。不知是否巧合，舒芜除了研究周作人的散文艺术以外，对于周氏的妇女研究也最为关注，并多有阐发，且曾编选有《女性的发现——知堂妇女论类抄》，收周作人关于妇女问题的文章一百七十八篇；而刘绪源研究周氏的散文艺术，便曾有专著《解读周作人》，很得好评，连舒芜也曾写文章赞叹《真赏尚存，斯文未坠》。而刘绪源在研究周氏散文艺术之外，倾心的还有儿童文学的研究，这也是周作人生前极为关注的领域。如此一来，在妇女和儿童这两个领域，两位深得周氏散文研究之趣的学者均分别有所建树，不可不令人慨叹。说到此处，便不得不提及刘先生二〇一二年也曾辑笺和出版了一册《周作人论儿童文学》，收录周作人论儿童问题的文章一百二十一篇，乃是别出心裁的编法，对于了解周氏在儿童文学方面的论述也很有必要。对于这两个特别的选本，如果有更为深入研读兴趣的朋友，也是很值得一读的。周氏散文的各类选集尚有多种，但选目大同小异者为多。值得一读的以为还有两册书信集，一为河南大学出版社出版的《周作人鲍耀明书信集》，另一为上海译文出版社出版的《周作人俞平伯往来通信集》。周氏随手写成的书信，读来也是一种美妙的文体，在近代以来也是少见的。

二〇一五年十一月二十五日

周作人的茶饭文章

　　去岁写过一篇谈周作人身后著作出版的文章《我收藏的知堂文集》，其中写到自己最为满意的周氏著作，要算是辽宁人民出版社出版的《周作人卷》，收入该社出版的"苦雨斋文丛"之中。此套文丛由鲁迅博物馆编，收入《周作人卷》《废名卷》《俞平伯卷》《江绍原卷》《沈启无卷》五册，其中的《周作人卷》由该馆黄乔生副馆长编选。我之所以满意此册著作，首先要归功于美术编辑张志伟先生的装帧设计。我在那篇文章谈道："此册著述无论从设计、插图、版式到纸张，以为都是最佳的，很能体味周作人苦雨斋雅致、清幽、细密、冲淡的风味。印制周作人的文章未必纸张要最佳，其实那种泛黄且略感粗糙的纸张反而更好，与周作人日常朴素的风格才得契合，而版式不必过于疏朗，字体也要略小才好，如此每页纸张才能尽量多排文字，这样可以前后照顾，对于了解周氏作文的章法更易理解。"此册《周作人卷》封面为淡黄，"苦雨斋"三字采用沈尹默的书法，封面上的图案有竹笋和蘑菇，封底的"作人"两字则取自知堂手笔，书内扉页印有周作人在苦雨斋的一张穿棉布袍的黑白照片，后页又印有《雨天的书》《自己的园地》《谈龙集》和《谈虎集》四册初版本的书影，均能见出一种古朴的气息。

此书一个别致的地方，便是将周作人纳入"苦雨斋"这个群落里来观照，推出的五本书便是周作人和他的"四大弟子"，也是创新的地方。此套文丛由孙郁先生作序，其中写道："苦雨斋的主人与弟子之间形成了一个传统。他们都非激进的文人，和胡适、陈独秀那样的思想者亦差异很大。周作人称自己是'学匪'，意思乃非正宗的儒生，有点离经叛道的意味。"又说："他和自己的学生们在思想上喜欢新的学理和个性意识，古希腊哲学、日本艺术、现代心理学与民俗学都被深切地关注着。还注重对明清文人小品的打捞，志怪与述异流露其间。加之有点欧美散文与六朝小品的余味，遂在文坛上造成势力，对后人引力一直是时起时落的。"想起孙郁先生曾作过一篇《当代文学中的周作人传统》，认为在当代文学中有这样一批默默以周作人的文章为法脉，从而学习和传承其传统的文人群体，他们虽多处于边缘，却也独有一种魅力和韵味。因此，我猜疑此套文丛便出自孙先生的创意。这便也是学者编书的好处，背后是学问、眼光和底蕴。而对于读者的好处便是，通过这册《周作人卷》，可以按照这个"苦雨斋文丛"的思路，来进一步了解废名、俞平伯、江绍原和沈启无等文人的创作情况，也不失为一种不错的路径。

此套文丛第三个别致的地方，便在于编选者黄乔生先

生的选法。说实话，关于周作人文章的各种编选乃是数目
繁多，令人颇有眼花缭乱之感，诸如全集、自编集、文类
编、集外文、晚年文集、书信集、序跋集、书话集等。而
黄先生能够从中国传统文章的本身来入手，也就是"从文
体角度分类编撰"，故而选了周氏的思想论文二十三篇，
风物小品二十一篇，序跋文十三篇，书话十六篇，书信六
篇，怀人之作十二篇，游记七篇。这种编法，按照黄乔生
先生的意见，"目的是要体会周作人如何以清醒的文体意
识表达自己的思想情感，追求得体和妥帖。我们虽然强调
了他对中国传统文脉的接续，但更要强调他如何适应变
化，善于取法，在各种文体之间运用自如，从而把散文的
功能扩展到一个极大的空间。文体的变化无端，文采浓淡
适宜，微妙存乎一心。读者自会在篇章字句中细寻肌理，
得其调和融会之精神，从而淡忘了本集的强分类别，就好
像古人说的'得鱼忘筌''登岸舍筏'似的的"。的确，周作
人一生创作了大量的散文文字，如果茫然深入，便如进入
宝山，无所取舍。我读到不少后人编选的周氏选集，便是
随意或按照一己趣味编选，多是全无章法的。

我对此书还有一个满意的地方，乃是以为此册最适合
初读周作人的朋友选用。全书三十七万字，周氏较有代表
的文章皆收录其中，而难得每篇文章皆注明曾发表和收入
周作人自编文集的信息，除了书前有孙郁介绍"苦雨斋文
人群落"的序言之外，书后还有上面提及的黄乔生先生写
就关于选集编法的长篇跋文，这些对于了解周作人其人其
文都有很大的帮助；另外书后还有一份《周作人年表》，
对于周氏一生的创作及大事都简要提及，也是了解其人其

文的重要途径。而我非常满意的地方还在于，此书开篇收录了周氏的成名作《人的文学》，一些能够传达个人态度的文章也都收录其间，诸如《思想革命》《论八股文》《希腊人的好学》《中国的思想问题》等，另外一些诸如《故乡的野菜》《鸟声》《谈酒》《金鱼》《虱子》等这样的闲适美文也收录不少。最让我觉得高明的是编选者在书末收录了周作人两篇至关重要的文章。一为长篇《我的杂学》，一为《两个鬼的文章》，这两篇文章对于了解周作人堪为一个重要的切入途径，回顾学术历程和读书渊源，谈论其对个人文章之自我评价，可谓高妙之举也。在《两个鬼的文章》中，周氏将他的"闲适文章"比作"吃茶喝酒似的"，而把"正经文章"比作"馒头或大米饭"，也是极形象的事情。

　　对于这册《周作人卷》的认识本不需啰唆，其实这册书拿到手中，便是清清楚楚的，但我一般情况下都是主张读作家的自编集的，而不乐意读他人编选的各色文集，只是周作人的文集实在太多，选择起来太难，又加之各类后人编选的集子参差不齐，才愿意一再推荐这册《周作人卷》的。关于这册著作的论述本就如此，但近来偶然在手机微信中结识了一位研究和尊崇鲁迅的著名学者，他本居京城，退休后避居青岛乡下，微信取名为"黑衣人"。我谈了自己对于读周作人的认识和想法，他耐心一一回复，倒是忽然令我对于这册著作的编选者——"鲁迅博物馆"的这些研究者们特别重视起来。也就是说，今天我们谈论和认识鲁迅，离不开周作人；谈论周作人，自然也离不开鲁迅。我并非完全赞同"黑衣人"的言论，但很愿意抄一部分他的见识，我想这对于认识周作人也是一种帮助。因为这位高人编辑过黄裳、舒芜等人的文集，我便提及一个问题，乃是后人学知堂的人相比学鲁迅的人所写文章要耐读，他立即回复，认为造成这种印象的恰巧是知堂可学而迅翁难以模仿，"说到底一个人的作品是其人格器度修养等的综合性呈现，瞒不了也骗不过人的"。并进一步论道："近一百年了，迅翁文章的深邃谁人学得来呢？很多人不过仅学了皮毛而已。"

我觉得"黑衣人"此一说法倒是有道理。鲁迅的文章没有章法，周作人的文章有章法可循，前者不可学而后者可学，就像黄乔生可以为周作人的文章进行细分缕析一样，但对于鲁迅却是难矣。但我又提及鲁迅文章过于热烈乃至偏激，而周作人文章平淡自然，前者不可常读，后者却可随时翻读。对于此一问题，"黑衣人"也有他的看法："周氏兄弟文章风格也许大致一为'热烈'一属'静穆'，而中国士大夫古来即推崇'温柔敦厚''哀而不伤，乐而不淫'，把这看作是文章的'极境'；然而正如迅翁所说，好的中外文学作品'都不静穆'，陶渊明正因为'并非浑身静穆，所以他伟大'。"看来"黑衣人"并不认同中国传统的审美，并进一步回复我："因为鲁迅是批判国民性的，抨击中国传统文化文学的，揭了中国社会历史老底儿的，所以不为喜欢听好话、喜欢读抚慰心灵的文字的国人所喜，极而言之，绝大多数中国人是憎恶鲁迅思想和文学的。而在我看来，这正是鲁迅的伟大之处，大多数中国作家难以企及、无法比肩之处。"进而又补充道："或者可以说，鲁迅的伟大迄今为止还无法为大多数中国人所理解，这也正是鲁迅的伟大之处。这是个悖论。"

　　"黑衣人"的论述很深刻，但又觉得多少还是带有一些个人偏见的。我便也提出了自己的看法，即是如果单从文学角度来看鲁迅会看低鲁迅，而若单从政治角度来看周作人则会看低周作人，周作人高妙的地方，便是他那份超然之心，能够超出一般的政治文化，以阐述和介绍人类文明的角度来关怀和认识。对此，"黑衣人"立即回复："我个人极喜读鲁迅，只要一翻开其书，就一下子把你紧紧地攫住了，你感到作者的血是热的，是滚烫的。知堂呢，从其大部分文字中，你只觉得他的血是温吞的，你不会产生强烈的心灵共鸣和精神感应的。"我觉得"黑衣人"对于鲁迅爱之甚深，但对于周作人的评价未必准确，"温吞"一词却不够恰切，便回复："温吞并不代表没有态度，此也不过一种说话和行文的方式罢了。""黑衣人"则回复道："鲁迅说文人要有'明确的是非，热烈的爱憎'，我以为是对的；而中国从古之士大夫到现在的知识分子，大多数并不如此，你说这些人会打心里喜欢鲁迅及其思想文学吗？中国知识分子什么时候能做到鲁迅那个样子了，那什么时候他们就真正起到了知识分子对于国家民族应尽的责任，中国社会也就真的会越来越进步了。"

二〇一六年五月二十四日

木桃与琼瑶

　　锺叔河的《儿童杂事诗笺释》全名实为《周作人作诗丰子恺插图儿童杂事诗笺释》，安徽大学出版社出版，二〇一一年三月版。此书策划、编辑、设计均堪称佳构，全册十五万字，精装，开本为152 mm×228 mm，书名中的"儿童杂事诗"五个字采用周作人的手迹，封面和封底均选择丰子恺的插图一幅。全书包括周作人甲编《儿童生活诗》二十四首、乙编《儿童故事诗》二十四首和丙编《儿童生活诗补》二十首，各编又有《附记》一则。书前有周作人《儿童杂事诗序》，并有锺叔河《笺释原序》和《笺释新序》各一篇，又附有《修订本题记》一篇，书后有周作人《儿童诗与补遗》一篇作为代跋，另有"周丰一跋""丰一吟跋"和锺叔河《笺释跋语》各一篇。此书的可观之处还在于，特别影印了周作人一九五四年抄写的手迹，墨痕历历，附于书后，并以"翻开封底自右至左，从《儿童杂事诗序》看起，看到右面的'一九五四年一月三十日重抄一过'为止"。

关于周作人的这些"儿童杂事诗",周氏在作于民国三十六年八月五日的《儿童杂事诗序》中谈及其缘起,乃是"今年六月偶读英国利亚(Ed. Lear)的诙谐诗,妙语天成,不可方物,略师其意,写儿戏趁韵诗,前后得数十首,亦终不能成就"。对于陆续作成的这些诗歌,周氏对其有评价:"我本不会做诗,但有时候也借用这个形式,觉得这种说法,别有一种味道,其本意则与用散文无殊,无非只是想表现出一点意思吧。寒山曾说过,分明是说话,又道我吟诗。我这一卷所谓诗,实在乃只是一篇关于儿童的论文的变相,不过现在觉得不想写文章,所以用七言四句的形式,反正这形式并无什么关系,就是我的意思能否多分传达也没有关系。我还深信道谊之事功化。"由此可知这篇序文和这些诗句应作于一九四七年,此时周作人应正被关押于南京的老虎桥监狱之中。故而之后周作人从监狱出来,陆续在《亦报》刊发这些诗歌时,只用了笔名"东郭生"。

锺叔河笺释周作人《儿童杂事诗》的缘起,在一九九〇年所作的《笺释原序》中也有提及:"一九五〇年在湖南报社,偶见上海《亦报》载《儿童杂事诗》,署名东郭生,有丰子恺插图,读而好之;然年方弱冠,又忙于打背包下乡,无所谓私生活,匆匆不克辑存,亦不知东郭生之为谁也。五七年后,力佣为生,引车夜归,闭门寂坐,反得专业读书,因问 Rouse 所述希腊神话事,与译者周寿遐先生通信,适知东郭生即其笔名,重读《遇狼的故事》,为唏嘘久之。"又谈其间心境:"年来以脑出血病废,写载道之文已无力量,为言志之作又缺乏心情,唯以此遣有生之涯耳。"此笺注后由文化艺术出版社出版,印三千册,一九九九年又由中华书局重印,锺先生再写《修订本题记》,其中忆及当时为周氏诗歌作笺注的情景,乃是"作于一九八九年秋冬间,时情绪极差",又写到了此时的心境,"转眼七八年过去,当年热心支持我做这件事的周丰一先生,已于一年前离开这个世界。我亦年近七旬,居高楼绝少履平地,越来越感到了寂寞"。

周作人作《儿童杂事诗》,乃是特殊情境下的作品,锺叔河为周作人的杂事诗作笺注,也是特殊境况下的精神劳作。二〇一一年安徽大学再次重印锺叔河笺注的《儿童杂事诗》,锺叔河在新序中又提及一件令其不能释怀的旧事。原来他在报纸上看到有关介绍嘉德拍卖行"旧时月色"专场的消息时,其中有一幅周作人《儿童杂事诗》的条幅,拍到了三百多万元。对此,锺先生回忆说一九六三年十一月二十四日他当时作为"右派"在长沙拉板车,给周作人写信,求先生为他写一张条幅,很快就收到来自北京新街口八道湾十一号的回信,信中说:"需要拙书已写好寄上,唯不拟写格言之属,却抄了两首最诙谐的打油诗,以博一笑。"锺先生得到的两首诗,便是《儿童杂事诗》甲之十的《书房》和甲之十一的《带得茶壶》。然而,令其不能释怀的是,周氏赠给他的这两张条幅,在"文化大革命"时期因避祸而转移给他人,却终被其隐匿和占有了。

我手边的这册安徽大学出版社出版的《周作人作诗丰子恺插画儿童杂事诗笺释》,系锺叔河先生二〇一五年夏天寄赠,此书扉页有锺先生的题款和钤印,题款为:"朱航满君寄赠大作,以此报之,即所谓木桃也,愧对琼瑶多

锺叔河先生赠书题跋

矣。乙未夏锺叔河于长沙。"得获先生的这册大作，也有
因缘。二〇一四年我编选花城出版社的随笔年选，收入锺
叔河先生刊发的一组写其收藏钱锺书、李一氓和张中行等
学人书法的短文《念楼壁上》。可惜编选时间仓促，我竟
无意间将此文题目误改为《念楼补壁》，意思完全颠倒了。
但我一时未知此事，直到锺先生收到样书后才发现这个问
题，打电话找到了出版社的相关领导，责问原因，想来一
定十分生气。我从责任编辑处得知此事，也颇为懊丧，故
而专门写了一封致歉信，并呈上了新出的一册随笔集《书
与画像》。先生题记中的"寄赠大作"便是这本拙作，老
前辈对于出版事业很严肃也很认真，对于晚学后辈也是很
讲礼节的，故而才有"投桃报李"的典故，但此处题我的
这段话，还应有向知堂老人致敬的意思。

我对锺叔河先生内心十分敬重，钦佩先生编选知堂老
人文集的韧劲。我买到的广西师范大学出版社出版的《周
作人散文全集》，皇皇巨册，十四大卷。先生勾勒史料，
积多年之力，以一人的抱负而终于完成，这也是一种出版
奇迹。其中均有先生对于知堂老人文章的真心热爱。我读
过念楼先生的一篇文章，写他曾在被打成"右派"后，在
长沙街头拉板车，晚上写信给北京八道湾的知堂老人，谈
自己读老人文章的感受。那种深陷困厄，依然怀抱烈火的
情怀，令我心动。那是知堂当年谈英国思想家蔼理斯的情
怀，其中有这样一段话，记忆极深："在道德的世界上，
我们自己是那光明的使者，那宇宙的历程即实现在我们身
上。在一个短时间内，如我们愿意，我们可以用了光明去
照我们路程周围的黑暗。正如在古代火把竟走——这在路

克勒丢思（Lucretius）看来似是一切生活的象征——里一样，我们手持火把，沿着道路奔向前去。不久就要有人从后面来，追上我们。我们所有的技巧便在怎样的将那光明固定的炬火递在他的手内，那时我们自己就隐没到黑暗里去。"遗憾的是，与先生的结识，竟是以这样的一种令我沮丧的方式开始的。

与念楼先生的这册赠书一起，还有先生复我的书信一封。此信作于二〇一五年七月七日，开篇先赞我集子中的一篇写知堂老人的文章《风雨中的八道湾》："文笔好，引用前人记述也裁剪得好，看后心中好感动，你确是一位多才能文之人。"或许由于这篇写周作人的文章，改变了念楼先生对我的看法，故而他在信中才有所原谅，但又希望我"有机会时能顺便说明一下才好"。老先生爱惜羽毛，我一时疏忽导致笔误，罪该在己。本打算再作文说明此事，但一直拖沓，故而直到今日才予以著文说明。先生七月七日写成的信中还有这样一句，"此信因病迟复请谅"。我因寄给锺先生的信件未曾留底，故而忘记了写信的时间，但那段等待回复的日子确实常有不安之念，或许先生已从信中看到此种心情，在另一张附带赠书的信封中又特意写了一段话："此信本拟发快递，因无电话号码，才临时改走邮政，这样寄书就更慢了，因病迟复为歉也。"我后来看信封上的邮戳，此信七月四日便以挂号信的方式从长沙小吴门邮局发出，七月七日便到了北京的紫竹院邮局，而信末明明写的是七月七日。想来此或也系锺先生情急笔误罢了。

二〇一六年三月十八日

『清淡质素』才有味

——关于《知堂谈吃》

　　锺叔河先生编选的《知堂谈吃》新近由中华书局出版了增订本,买来一册,竟厚达近五百页。读锺先生的序言,知道之前还曾出版过两个选本,一为中国商业出版社一九九〇年出版,一为山东画报出版社二〇〇五年出版,以上两个版本皆收知堂谈吃的诗文一百篇,而此次由中华书局出版的增订本则收文一百八十一篇,几乎增加了一倍的文章。在网上的旧书店又购得了锺先生编选的另外两个版本,这样对比着来读,也是别有一番情趣。在我看来,增订本此次增收的最重要的一篇文章,要算是《日本的衣食住》,最初收在周氏的文集《苦竹杂记》之中。在此文中,周作人借日本的衣食住,谈到了他对于生活的一种态度。锺先生在编选文章的注释中有这样一段话:"本文论述不限于食物,而是一篇关于日本文化和中日文化比较的重要文章,为保持文意的完整,乃予全文照登。"我非常同意锺先生这种编选的态度，因为周氏在这篇文章中谈到的衣食住的态度，乃是同一个态度。诸如他谈到日本的食物，乃是日人少食兽类之肉，而是多采蔬菜和鱼类，"中国学生初到日本，吃到日本饭菜那么清淡，枯槁，没有油水，一定大惊大恨，特别是在下宿或分租房间的地方。这是大可原谅的，但是我自己却不以为苦，还觉得这有别一种风趣"。

周作人作文有一个特点，就是同一个主题，他会反复作文章，往往后来所作文章的论断，有时会有所延伸，但有些论断又会取自前面写过的材料，有时甚至是大段引用自己所写的文章观点，初读会感觉周氏有偷懒的嫌疑，但读多了，反而又有一种特别的阅读体验。诸如这篇作于一九三五年六月的《日本的衣食住》，周氏在一九三六年八月又作了一篇《怀东京》，后收入在文集《瓜豆集》之中。周作人谈他怀念东京的内容，也无非是日本人的衣食住，但似乎比前者更有意味，读来印象也更为深刻。还是以谈东京的饮食为例，他说日本有作家曾批评东京的食物有"脆薄，贫弱，寒乞相，毫无腴润丰盛的气象"，但周氏却认为这种对于饮食的批评虽也有道理，但还是"觉得这些食物之有意思也就是这地方，换句话可以说是清淡质素，他没有富家厨房的多油多团粉，其用盐与清汤处却于吾乡寻常民家相近，在我个人是很以为好的"。甚至他还在此举了一个颇为生动的例子，以示对于"清淡质素"的欣赏："我所想吃的如奢侈一点还是白鲞汤一类，其次是鳖（乡俗读若米）鱼鲞汤，还有一种用挤了虾仁的大虾壳，砸碎了的鞭笋的不能吃的'老头'（老头者近根的硬部分，如甘蔗老头等），再加干菜而蒸成的不知名叫什么的汤，这实在是寒乞相极了，而越人喝得滋滋有味，而其有味也就在这寒乞即清淡质素之中，殆可勉强称之曰俳味也。"

如此看来，周作人对于饮食的态度还是很鲜明的。如《怀东京》一文所强调的"清淡质素"那样，他还在多篇文章中谈及自己这种类似的态度。诸如在《喝茶》一文中，周氏这样写道："日本用茶淘饭，名曰'茶渍'，以腌菜及'泽庵'（即福建的黄土萝卜，日本泽庵法师始传此法，盖从中国传去）等为佐，很有清淡而甘香的风味。"随后又说："中国人未尝不这样吃，惟其原因，非由穷困即为节省，殆少有故意往清茶淡饭中寻其固有之味者，此所以为可惜也。"在周作人看来，这种"清茶淡饭"的饮食习惯，乃也曾是中国人的古风，可惜今已不存，却在日本处保留了下来，故而令他颇为怀想。关于吃酒喝茶，周氏都是以"清淡"为好，如茶乃是以"绿茶为正宗"，"喝茶当于瓦屋纸窗之下，清泉绿茶，用素雅的陶瓷茶具，同二三人共饮，得半日之闲，可抵十年的尘梦"。《喝茶》一文作于一九二四年十二月，属于周氏早期的文章。一九五〇年七月周氏还作过一篇《瓠子汤》，开篇即这样写道："夏天吃饭有一碗瓠子汤，倒是很肃静而也鲜美可口的。"而这瓠子，也不过是一种乡间常见的蔬菜罢了，嫩时可吃，"老了锯开取壳做瓢用"。由此可见，周氏这一对于饮食的趣味和态度，一生都未曾改变过。

但是令我感到有些奇怪的是，在《知堂谈吃》的初版本封面上，却是一双竹制的筷子和古意盎然的盘子，这倒也没什么，只是这盘子上面却是三个全身透红的辣椒，这显然与周作人所谈及的这种"清淡质素"的饮食趣味大所迥异的，因此，这设计实在是有些莫名其妙了。尽管周作人也曾谈过辣椒，在《吃青椒》中他这样说道："五味之中只有辣并非必要，可是我所最喜欢的却正是辣。"而实际上，他所喜欢的也不过是一种淡淡的辣味罢了，诸如在文章结尾所写的："辣酱、辣子鸡、青椒炒肉丝，固然也好，我却喜欢以青椒为主体的，乡下用肉片、豆腐干片炒整个小青椒是其一，又一种是在南京学堂时常吃的腌红青椒入麻油，以长方的侉饼蘸吃，实是珍味，至今不曾忘记，但北京似没有那么厚实的红辣茄，想起来真是可惜也。"初版本《知堂谈吃》封面上所采用的辣椒，实在可以说是一种极刺激的辣椒，在我的老家陕西关中，乃是把这种辣椒称为"线线辣子"，以示其特别的。这种辣味，想来也只有湖南和川陕的人才适合享受，而出生绍兴的周氏则是很难赞同的。我这样啰唆地来引证周氏的这种对于"清淡质素"的态度，一方面是对于周氏的这种对于食物"固有之味"的认同，另　方面则是按照现在的饮食习惯，周氏的这种态度，也是十分健康的。想来周氏最终能够得享高寿，与他的这种饮食习惯也是有关的。

由此再来看《知堂谈吃》。周作人对于食物的选取，也是以"清淡质素"为内容的，而周氏对于饮食的另一个态度，则还在乎一种趣味，即不以果腹为中心的享用。如在《〈茶之书〉序》中，他谈到自己的故乡有一种茶店，乃是为普通乡民所设，"多树木，店头不设站而用板桌长凳，但其朴素亦不相上下，茶具则一盖碗，不必带托，中泡清茶，吃之历时颇长，曰做茶店，为平民悦乐之一"。
接着他又谈士大夫的吃茶，乃是"在家泡茶而吃之，虽独
乐之趣有殊，而非以疗渴，又与外国人蔗糖牛乳如吃点心
然者异，殆亦意在赏其甘苦味外之味欤"。周氏认为，喝
茶的趣味不在于解渴，而在于慢慢品味的过程。再如对于
吃食，他所看重的是饭前的"点心"。在《北京的茶食》
中，周氏便一再感慨北京没有好的点心，甚至对于"二十
世纪的中国货色，有点不大喜欢"，乃是"粗恶的模仿
品"，但卖得却比外国货贵。对于这种趣味，周作人在文
章中这样写道："我们于日用必需的东西以外，必需还有
一点无用的游戏和享乐，生活才觉得有意思。我们看夕
阳，看秋河，看花，听雨，闻香，喝不求解渴的酒，吃不
求饱的点心，都是生活上必要的——虽然是无用的装点，
而且是愈精炼愈好。"对于这个观点我们今天多会是赞赏
的，这也是常被引用的，但实际上周氏的着重点却是在最
后一句："可怜现在的中国生活，却是极端地干燥粗鄙。"

　　《知堂谈吃》的初版本虽然文章收录不全，封面设计
也不尽如人意，但有一点值得保留，乃便是文章的编排。
初版本对于周氏谈吃的文章，在目录中以"集内旧文"
"饭后随笔""未刊稿与集外文"和"诗"四个部分组成。
锺先生在新版的序言中也谈及，周氏一九四九年前的谈吃
文章写得并不太多，但诸如《结缘豆》《谈食鲞》诸篇，
"谈吃而意实不在吃"，于食物和食事之外，尽有使读者不
得不深长思之内容，远远不是"谈吃"所能范围的，而后
期的谈吃文章虽然多，特别是在"饭后随笔"的专栏之
中，却多是就吃谈吃，多系"为稻粱谋"。既然如此，我

以为在新版的目录中，省略掉这个文章编排的区分，还是十分遗憾的事情，因为周氏谈吃的文章，前后的态度均有一致之处，但其中的意蕴可是相差实在太多了。诸如前期有关吃的文章之中，《苋菜梗》《谈油炸鬼》《记盐豆》《炒栗子》等篇章，可谓十足的好文章，也是有着许多令人深思的内容的。新版的《知堂谈吃》以时间为序来编排，其实若以周氏对于食物的态度来编排，也有如下方式可作为参考：诸如关于谈茶的文章，便有十余篇；谈酒的文章，就有二十余篇；谈点心的文章，则有三十余篇；谈蔬菜的文章，也有三十余篇；另外，关于鱼鸡等肉食文章，也有多篇；还有一些和食物有关的杂谈，不妨也列为一辑，诸如《日本的衣食住》和《一岁货声》之类。

二〇一七年十二月十日

关于《一岁货声》

　　近来翻读藏书家韦力的一册《失书记》，其中有一篇《周作人手稿》，令我颇感兴趣。此文写到二〇一一年秋天，北京的嘉德拍卖公司拍卖一批周作人的手稿，原系香港鲍耀明先生所藏。了解周作人的读者都知道，鲍耀明是知堂老人晚年交往比较密切的人之一，其收藏的知堂手稿一定珍贵。据韦力在书中介绍，此次拍卖共计十六件拍品为手迹，其中一件系沈尹默为周作人所写的斋号匾额"苦雨斋"，乃是非常珍贵的；其余的手迹则都是周作人的手稿，包括有《药堂杂文》八十一页，《书房一角》中的《桑下丛谈》总计三十一页，《书房一角》中的《看书余记》总计三十三页，还有《秉烛后谈》一百零五页，另外还有周作人写给他人的信几封，或者他人写给周作人的信稿多封。还有不少周作人赠书给鲍耀明的个人著作签名本，也计有三十三册之多。

　　周氏的手稿和签名本一次性的集体出现在拍卖场之上，

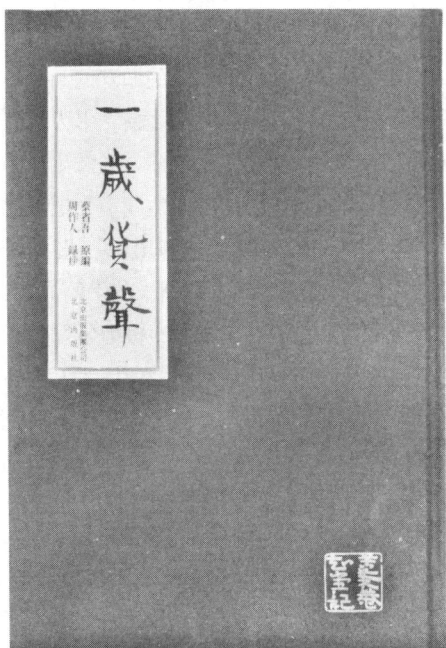

《一岁货声》书影

且如此品相和如此规格，也算是少见的事情。对于这些关于周作人的拍卖品，虽然作为收藏家，但韦力说他一向"厚古薄今"，且对于新文学作家没有研究，一般他是不去涉猎的。但因受了几位爱好周作人的朋友的熏陶，他也拟努力拍下几份周氏的手稿。在拍卖之前，韦力忽然接到了北京出版社的杨良志先生的一个电话，杨先生认为这批拍品对于研究周作人非常重要，因此他劝韦力把这批东西全部拍下来，然后在他们出版社影印出版。此文既然收到《失书记》之中，那自然是与这批周氏的手稿失之交臂了。韦力在文章中写道，他本答应杨先生极力争取拍下那些手稿，但没想到的是，那次鲍耀明收藏的周作人手稿出乎他的意料，结果竟是空手而归。仅就举例来说，《药堂杂文》手稿估价八十万到一百二十万，结果竟以两百万成交；《秉烛后谈》手稿估价一百万到一百五十万，结果以三百万成交。

不仅如此，那批三十三册的周作人签赠本，也以六十二万元的高价成交，由此可见周作人手迹在当代文化收藏界的影响。说来我有收藏周作人文集的爱好，也陆续买过一些周作人的各种集子，但我入道实在太晚，周氏的民国初版本我无力购买，更不用提他的签赠本甚至是手稿了。我读韦力先生的这篇文章，注意到一个细节，乃是与我新买的一册周氏的手稿影印本有关。今年初偶然得知北京出版社出版了一册与周作人有关的著作《一岁货声》，系影印周作人手抄蔡省吾的著作《一岁货声》。后来在网上书店一查，竟然有售，售价一百九十八元，价格略高，但还是咬牙购下了。待此书送来，发现制作的颇为赏心悦目，于是放在了手边把玩了许久。按说我对这本书并没有多少新的想法，但买到这本书，才发现此书只印刷了五百本，可谓少矣。想想这五百本书，除去编者自留和图书馆的馆配以外，能够被爱好的读者看到，更是少矣。

恰好今年夏天我有幸见到周作人的后人周吉宜先生，谈话中我询问到这册影印本的《一岁货声》，他说杨良志先生编选的这册《一岁货声》，正是从他这里借去的，周先生当时正在为一个知堂的印章而起诉拍卖公司。正因这一系列的事情，让我对编辑出版周作人手稿的杨良志先生也是另眼相看，也对这册影印的《一岁货声》的手稿更为关注起来。故而我是愿意把这本由杨先生编选的周氏手稿本简要地介绍一下的。《一岁货声》原系蔡省吾的一本关于北京街头叫卖声的著作，周作人一九三四年曾从他的弟子沈启无处借到此书，因为喜爱便手抄了一份，且由此还写了两篇文章，分别为《一岁货声》和《〈一岁货声〉之余》，前者刊发于一九三四年一月十七日《大公报》，后者刊发于一九三四年二月十七日的《大公报》，前后恰好相差一个月，后来这两篇文章被收到了周氏的文集《夜读抄》之中。北京出版社此次出版《一岁货声》，乃是大开本，蓝布面，精装，竖排繁体字，真是既大方，又古雅。

杨良志先生编辑这册《一岁货声》也是煞费苦心，因他并不是简单地只将此手稿影印一番了事。此书共分两个部分，第一部分为影印的周氏手抄的《一岁货声》，第二部分则为北京出版社资深编辑杨良志编选的《燕市货声》，其中有瞿宣颖的"京津风土丛书"题签、周作人的《奉题〈燕都风土丛书〉》和《〈燕市货声〉题签》、李霈的《蔡省

吾先生像》和《蔡省吾先生事略》、张江裁的《蔡省吾先
生像赞》以及蔡省吾的《燕市货声》，以上内容皆影印自
"中华民国二十七年六月双照楼校印"的版本，从书前的
藏书印来看，此书底本采用杨良志先生的藏本。随后还附
录与《燕市货声》相关的文章七篇，除去周作人的两篇文
章之外，尚有吕方已的《北平的货声》、纪果庵的《北平
的"味儿"》、张恨水的《市声拾趣》、金云臻的《曲巷市
声》、石继昌的《闲园菊农记货声》。据杨良志先生在此编
的《后记》中所谈，关于《一岁货声》的文献，还有翁偶
虹、高凤山、王文宝等人的文章，但由于文章较长，限于
篇幅，此书并没有收录。

　　由此可见，杨良志先生编选的此书，具有很强的资料
性，价值不小。以此书来观，对于了解旧北京的民俗是很
有用处的。更为重要的是，此书还是了解"苦雨斋文人群
落"的一个重要途径，且对于当时北平文人的精神面貌也
可略窥一斑。再说观赏性。此书开篇影印周作人的手抄
稿，可以欣赏周氏在书法上的造诣。周氏虽不是书法家，
但他毛笔字端正清雅，楷书中带有隶味，由此一路写来，
且几乎无修订涂抹之处，乃是满篇书卷之气。另外，我还
发现周作人对于此手抄文稿应是很为重视的，除了抄录认
真之外，还钤有印章多枚，计有"会稽周氏""苦雨斋藏
书印""周作人""苦茶庵知堂记"等，其中最后一款印章
则是出自著名文学家魏建功之手，系魏的印章代表作之
一。在为《燕市货声》所写题签和序言中，又分别钤印
"周氏"和"知惭愧"各一枚。对于出版印制这册《一岁
货声》的重视，也还有为此书特制的藏书票一枚，乃系张

越丞刻印"知堂书记",也是别有风味。

周作人的文章影响实在是太大了,想来若无他为《一岁货声》所写的两篇读书笔记文章,蔡省吾的著作《燕市货声》则是少为人知矣,而若无周作人的这份手抄的完整书稿,这本新版的《一岁货声》也便更是无从谈起了。说来我喜欢周作人的文章,爱屋及乌也喜欢与他有关的各种资料。我无力购得他的手稿,也无缘得到他的签名本,甚至周氏在民国期间出版的著作也无力购藏。不过后来我陆续购买了一些由他人编选的周氏著作,真是其乐无穷,但也有因价格昂贵而苦恼的时候。诸如由福建教育出版社二〇〇四年二月出版的《知堂遗存》,包括《周作人印谱》和《童谣研究手稿》,印刷一千册,原价三百二十元,网上售价最低也已达到近两千元,高者则已六千元待售了;还有一册由北京图书馆一九九九年六月出版的《周作人俞平伯往来书札影真》,印刷六百八十册,原价两千元,目前品相较好者,也有以高达五千元在售,这些均只能是望书而叹了。

由此可见,即使是周氏的影印手稿,价格也是一路走高,这让我对那册只印刷了五百册的《一岁货声》,也真要另眼相待了。正在我有所得意之际,我的研究生同窗 L 来访,我出示此书请她欣赏,因她极爱读书,又写得一手好文章,与我也是颇能谈得来,可谓同好。同窗 L 经过一番努力,考到北大中文系读了博士生,所研究的对象正是周作人与废名,故我觉得她会喜欢此书。L 从北大毕业后,回到故乡辽宁,在一所大学教书,业余又开始研究佛学,并最终入了空门,成了佛门弟子。她此次远道来访,

除了看望旧友之外，还说她将离开辽宁到海南三亚的一个
佛学院任教，那里远离尘俗，山清水秀，她决定在此一心
修行。我们两人那日谈周作人，也是不亦乐乎，而她对于
周氏的这册《一岁货声》的手稿影印本也是爱不释手。临
走之际，她问我这册《一岁货声》是怎样得来的，我答曰
网上有售。L走后，我竟颇感几分内疚，她远道来访，此
去或许又是经年，那时我应当即送她此册作为纪念才对，
这事竟成了我的一个小小遗憾。

二〇一七年十一月十六日

「诚有讽世之意」

——关于《看云集》

　　周作人的散文集《看云集》一九三二年十月由上海开明书店出版，其中收文共计四十篇，多作于一九三〇年和一九三一年。六十年后，重新成立的开明出版社再版了这册《看云集》，收录在该社策划的"开明文库"第一辑之中，同时第二辑的"开明文库"中，还再版了一册《周作人散文钞》。后者系周作人的一部散文选集，由开明书店的创办人章锡琛编选，并为之作序。开明书店系一家服务于青年人的书店，但显然章锡琛对于周作人的散文甚为偏爱。在他为这册《周作人散文钞》所作的序言中，开篇就有这样的一段极力称赞的话："这部选本用意在给中学生一个榜样，让他们明白怎样才能将文章写得好。周岂明先生散文的美妙是有目共赏的；他那支笔宛转曲折，什么意思都能达出，而又一点儿不啰唆不呆板，字字句句恰到好处。最难得的是他那种俊逸的情趣，那却不是人人可学的。"

　　章锡琛在序言中还赞叹周作人的文章"都有他自己的气分",即使读者"暗中摸索",也能辨别得出。这说明周作人的散文,在当时已经成为一种独具魅力的艺术品了,但章锡琛笔锋一转,在序言的结尾处又这样写道:"最重要的是对于礼教的攻击,还有他的文艺的意见以及哲理诗情,这儿都有了。徐志摩先生说他是个剥削的人;他随手引证,左右逢源;但见解意境都是他自己的,和他的文章一样。"由此也可见,周作人在时人的眼中,是一位散文艺术家。《周作人散文钞》的选目出自周作人的各个散文集之中,总共三十篇文章,其中从《看云集》之中选了六篇文章,分别为《哑巴礼赞》《伟大的捕风》《水里的东西》《希腊的古歌》《草木虫鱼小引》《〈枣〉和〈桥〉的序》。以上几篇文章,基本都是周作人的散文代表作。

　　周作人在《看云集》的序言中写道,这本书的题目来自王维的一首诗:"行到水穷处,坐看云起时。"其中似乎表达了作者的一种"闲适"的态度,而许多关于周作人的评价,也是如此认为的,但编选《周作人散文钞》的章锡琛不但看到了周作人的文章之美,更看到了其思想见识的不同。周作人对于自己的散文有很清醒的认识,他似乎并不随意写一篇文章,但其中的用意却往往隐藏得很深,表达的方式也是比较曲折的。没有读懂周作人的人,一般可能只看到他表面上谈论的内容,而没有注意到这些被谈论的内容背后的深刻意味。周作人后来在五十寿诞时曾写过一组诗,引得满城风雨,但在上海的鲁迅知道此事后,在给朋友曹聚仁的回信中说:"周作人自首诗,诚有讽世之意,然此种微辞,已为今之青年所不撩,群公相合,则多近肉麻，于是火上添油，遂成众矢之的。"显然，作为长兄的鲁迅还是很了解周作人的。

"三礼赞"系列可看作周作人这一时期的代表作，具体有《娼女礼赞》《哑巴礼赞》《麻醉礼赞》三篇，表面上似乎是周作人在为做皮肉生意的妓女、不用张口的哑巴和醉生梦死者唱赞歌，其实乃是他的反讽之作。在《哑巴礼赞》中，周作人先是赞扬不用开口说话的哑巴的诸多好处，乃是引经据典，谈了不少的掌故笔记，但走笔至结尾处，乃是转而议论道："世道衰微，人心不古，现今哑巴也居然装手势说起话来了。不过这在黑暗中还是不能用，不能说话。孔子曰：'邦无道，危行言逊。'哑巴其犹行古之道也欤。"周作人的意思是，古人有因装哑巴而成为高士的，但这种做法如今是不可行了，就连保持沉默也成为一种奢侈。再如《麻醉礼赞》，他对于麻醉虽是一种文明，但中国人的麻醉方法却不外乎吸鸦片和饮酒，在"醉生梦死"的社会之中，"所苦者我只会喝几口酒，而又不能麻醉，还是清醒地都看见听见，又无力高声大喊，此乃是凡人之悲哀，实为无可如何者耳"。

"草木虫鱼"系列可以看作周作人的另一种表达。在《草木虫鱼小引》中，他这样写自己做这样的文章的因缘："第一，这是我所喜欢，第二，它们是生物，与我们很有关系，但又到底是异类，由得我们说话。万一讲草木虫鱼还有不幸的时候，那么这也不是没有办法，我们可以讲天气罢。"其中有对于欲说还休的一种无奈，也有作者的一种寄托在其中。有人说这是周作人逃避的一种表现，其实只是更加隐晦和曲折。在《金鱼》一文中，周作人借金鱼来谈自己对于封建礼教的厌恶，认为金鱼突出的眼睛，令自己想到脖子上挂着一个大瘤或驼背，乃是一种对于残废的变态欣赏，进而令自己想到国人对于小脚女人的偏爱。周作人的这种联想和批评，乃是冒着很大的危险的，这也可见他对于礼教的厌恶是何等深厚，而这些若不认真去品读，则是难以体会的。再如《苋菜梗》中，他对于这种草根食物大加赞叹，而对于生活在乱世的普通人来说，这种食物不但可以"食贫"，而且还可以"习苦"，"实在却也有清淡的滋味"。

　　周作人的文章有一种苦涩的滋味，这种苦涩，一方面是作者独语曲折隐晦与枯淡文体的追求，另一方面也表达了作者对于现实的苦恼和无可奈何。但毕竟是经历过"五四"洗礼的先行者，他的文章也常常体现着一种科学与理性的态度，这是很难得的。《伟大的捕风》一文由此在这本书中显得格外重要。在这篇文章中，他先是由谈鬼说怪而起，娓娓道来，并最终认为这都不过是说鬼者的一种心理投射，此类观点他在之后的文章中也多有提及，但关键的则是他要表达自己的一种科学的认识世界的态度，"虚空尽由他虚空，知道他是虚空，而又偏去追迹，去察明，那么这是很有意义的，这实在可以当得起说是伟大的捕风"。这里周作人所说的"虚空"，其实不外乎是虚无和荒谬的事情，而周作人认为对于这些事情的察明，意义更为关键，也很有一些积极的态度。这就可以说是一种非常科学且务实的事情了。在这本书中，还有多篇类似的观点，诸如《水里的东西》《拥护达生编等》《介绍政治工作》等文章，表达的都是这个意思。

当然，作为最为杰出的散文家，周作人在《看云集》中的文章还是非常漂亮的，尤其是"三礼赞"系列和"草木虫鱼"系列，可以说是写得几无挑剔了。整整三十年后，周作人在日记中写道："阅《看云集》，觉所为杂文虽尚有做作，却亦颇佳，垂老自夸，亦可笑也。"这种感慨，不但有一种对其散文写作的回望和总结，也有对一个文学时代的怀念。他曾在《冰雪小品序》中谈道："小品文是文学发达的极致，它的兴盛必须在王纲解纽的时代。"进而又言："小品文则在个人的文学之尖端，是言志的散文，它集合叙事说理抒情的分子，都浸在自己的性情里，用了适宜的手法调理起来，所以是近代文学的一个潮头。"在他看来，乃是在颓废的时代，皇帝祖师等要人没有多大力量了，处士横议，百家争鸣，正统家大叹其人心不古，可是我们觉得有许多新思想好文章都在这个时代发生，这自然是因为我们是诗言志派的。学者倪墨炎对于周作人《看云集》中的文章也是分外欣赏，在专著《隐士与叛徒》中，他认为《看云集》中的随笔散文，已经达到了"炉火纯青的地步"。

之所以倪墨炎有这样的评判，在他看来，周作人《看云集》中的文章可分为两类，一类是以《三礼赞》和《伟大的捕风》等为代表，以为这些文章都是政论的主题，但却以随笔散文的方式很好完成了，"它们没有任何政论的架势，像其他随笔一样，如同促膝谈天，娓娓道来，引证左右逢源，十分自然；和其他随笔不同的是，它们内容磅礴，知识丰富，主题重大，蕴含深刻"。这一散文的创作，在倪墨炎看来，则是周作人散文写作的一个重大开拓，也是他的散文艺术中的重大成就。另一类则是以《草木虫鱼》和《专斋随笔》为代表的文艺杂谈，特别是《草木虫鱼》这一组文章，"谈金鱼，谈虱子，谈白杨和乌桕，谈水族，谈蝙蝠，真到了玲珑剔透的地步，称得上雍容、漂亮、缜密"。倪墨炎先生的这段评价，乃是非常恰切的，也甚得我心。由此想到章锡琛在《周作人散文钞》的序言中的评价，以为既有一种艺术上的"他自己的气分"，也有思想上他自己的"见解意境"，可以说，对于周氏散文的评价，虽历经半个多世纪，还是有着一种深处的共鸣的。

二〇一七年十一月三十日

『文章底下的焦躁』
——关于《瓜豆集》

　　周作人在《自己的文章》中写到这样一件事情："近日承一位日本友人寄给我一册小书，题曰'北京的茶食'，内凡有《上下身》《死之默想》《沉默》《碰伤》等九篇小文，都是民十五左右所写的，译成流丽的日本文，固然很可欣幸，我重读一遍却又十分惭愧，那时所写真是太幼稚地兴奋了。"这里的"日本友人"即日本著名汉学家松枝茂夫，这本在日本出版的文集《北京的茶食》，就是由松枝茂夫一九三六年由山本书店出版的《北京の果子》，其内容选自周作人的文集《自己的园地》和《雨天的书》中的多篇；而据松枝茂夫的学生小川利康介绍，松枝茂夫早年倾心于古典文学《红楼梦》，后来参加中国文学研究会，开始对周作人感兴趣，晚年在整理周作人的书信时，曾这样总结自己一生的追求："半生潦倒红楼梦，一向倾心周作人。"松枝茂夫还先后翻译周作人的文集有《周作人随笔集》（一九三八年）、《中国新文学的源流》（一九三九年）、《周作人文艺随笔抄》（一九四〇年）、《瓜豆集》（一九四〇年）、《结缘豆》（一九四四年）等多部。

恰好近来在旧书店里购得一册松枝茂夫翻译的周作人文集《瓜豆集》，此书由日本创元株式会社昭和十五年九月出版，精装，共计三百五十五页。前面提及的那篇《自己的文章》，便也是收录在《瓜豆集》之中。此集日译本中，松枝茂夫对于《北京的果子》也有一条注释："昭和十一年八月山本书店发行的拙译本。"而令我特别注意的是，松枝茂夫翻译的这册《瓜豆集》，没有翻译《谈日本文化书（其二）》《关于童二树》《关于邵无恙》和《老人的胡闹》四篇，只在目录中予以题目体现，内容皆"省略"。由于尚未读到松枝茂夫何以没有翻译此四篇文章的说明，但就我初读的意见来看，《关于童二树》和《关于邵无恙》两篇，内容皆关于极为生僻的乡邦文献，而写作的方式也是大段抄录旧书的内容，省略其内容估计有为读者考虑的缘故；而《谈日本文化书（其二）》与《老人的胡闹》两篇，则显然与上述因素无关，其中有周氏对日本的批评态度有关。

在《谈日本文化书（其二）》中，周作人毫不客气地谈了自己对于日本的态度，以为要坚决地将日本的文化与政治区分开来对待，对于前者，要"研究理解"，"其目的不外是想去找出日本民族的贤哲来，听听同为人类的东洋人的悲哀，却把那些英雄搁在一旁"。而对于日本的政治，他的批评则是毫不客气的："二十年来在中国目前现出的日本全是一副吃人相，不但隋唐时代的那种文化的交谊完

周作人

瓜豆集

松枝茂夫譯

創元支那叢書

5

創元社刊

《瓜豆集》日译本书影

全绝灭，就是甲午年的一刀一枪的厮杀也还痛快大方，觉得已不可得了。现在所有的几乎全是卑鄙龌龊的方法，与其说是武士道还不如说近于上海流氓的拆梢。固然该怨恨却尤值得我们的轻蔑。"再来看看文章《老人的胡闹》，周作人的文笔几乎就是刻薄了。此文主要针对日本上院议员三上参次发表演说，认为日本称呼中国为中华，以为这是中国妄自尊大的表现，故而应改称为支那。周作人认为这种演说乃是"已从少常识转入于失正气，由狂妄而变为疯癫"，因为"不管他对不对，既然是外国语，别国人无从干涉，这是很明白的道理"。

其实，在周作人的文集《瓜豆集》中，以上被"省略"的几篇文章，也算不得其代表作，但由此可以看出当时周作人的趣味和态度。周作人在《自己的文章》中这样坦言，他一向追慕文章的平淡闲适，然而却终于发现："闲适是一种很难得的态度，不问苦乐贫富都可以如此，可是又并不是容易学得会的""总之闲适不是一件容易学的事情，不安安得混冒，自己查看文章，即流连光景且不易得，文章底下的焦躁总要露出头来，然则闲适亦只是我的一理想而已，而理想之不能做到如上文所说又是当然的事也"。这里提及的"文章底下的焦躁"，在此书的《题记》中也还有类似的议论："这三十篇小文重阅一过，自己不禁叹息道：太积极了！"由此来看这册《瓜豆集》，周作人之批评日本，只不过是其中的点缀而已，其用心更多在于国人，甚至连松枝茂夫删去的那篇《老人的胡闹》，其结尾则也是希望"我国的老人们亦宜以此为鉴，随时自加检点者也"。

由此再来读这册《瓜豆集》，便不难发现此时作文的周作人，"文章底下的焦躁"乃是愈发显见，值得我们注意。诸如文章《关于贞女》，乃是周作人谈妇女的文章之一篇，此文由他买到的一册《山阴姚贞女诗传册》谈起，从中发现不少颇为通达的议论，认为其中一句"节烈卷册最多，此实非我民族之好消息也"，乃是令人感慨。他批评这种"贞女"现象的造成，乃是"变态的道德，虽云道德而已是变态，又显然以男系的威权造成之，其为祸害何可胜言"。接着，他又抄列了其中一些关于贞女的批评言论，进一步认为："中国古今多姬妾，故亦重贞节，盖两性不平等道德在男系社会皆然，唯以在多妻制国为最，中国正是好例。"最后，他谈到自己何以选择这种十分偏僻少见的书册来做一番议论："本来国难至此，大可且慢谈这些男女间的问题吧，但是这种卑劣男子他担得起救国的责任么？我不能无疑。"周作人的这一番话，说来真是可算尖刻了。

再如文章《北平的好坏》，周作人对于京戏进行了毫不客气的批评，并列举了其中"腐败思想""虚伪的仪式"和"唱戏的音调"等自己最为不喜欢的方面，甚至认为无线电广播发出来的那种唱戏的声音，也简直可以算作是一种听觉上的灾难了。在《自己的文章》中，他又一次对于这种意见进行阐述，而且态度更显厌烦，那其中的"焦躁"真是在周氏文章中也是少见的："孔子曰，鸟兽不可与同群，吾非斯人之徒而谁与。中国是我的本国，是我歌于斯哭于斯的地方，可是眼见得那么不成样子，大事且莫谈，只一出去就看见女人的扎缚的小脚，又如此刻在写字耳边就满是后面人家所收广播的怪声的报告与旧戏，真不禁令人怒从心上起也。"以上诸种，可以算是周作人对于普通中国人的批评，甚至不能不说是严厉甚至是刻薄，几乎没有什么"闲适"与"平淡"可言了。

除此之外，周作人对于学界的批评也是相当严厉的。诸如文章《谈七月在野》，表面上不过是他写了一篇考证《诗经》之中"七月在野"的意思，乃是条分缕析，下了很大的功夫，但其实关键则是文章的最后一段："我在这里深刻地感到的是国故整理之无成绩，到了现在还没有一本重要的古书整理出来，可以给初学看看。"而文章《希腊人的好学》，表面看来是他一贯对于希腊文明的推崇，但在文章最后他还是发表了这样一段议论："我们不必薄今人而爱古人，但古希腊人之可钦佩却是的确的事，中国人如能多注意他们，能略学他们好学求知，明其道不计其功的学风，未始不是好事，对于国家教育大政方针未必能有补救，在个人正不妨当作寂寞的路去走走耳。"还有在鲁迅去世后，他先后应约作了三篇文章，分别为《关于鲁迅》《关于鲁迅书后》和《关于鲁迅之二》。在其中一篇文章中，他表达了对其时的一些纪念文章的意见："一个人的平淡无奇的事实本是传记中的最好资料，但唯一的条件是要大家把他当作'人'去看，不是当作'神'，——即是偶像或傀儡，这才是有点用处，若是神则所需要或者别有神话与其神学在也。"

《瓜豆集》的《题记》也是值得我们特别注意的。一般来说，周作人的文集皆有序跋，但此书则标明为《题记》，这乃是他所要表达的一种意见，既不是因为"种瓜得瓜种豆得豆"的"喜讲命运",也不是因为"豆棚瓜架雨如丝"的"爱谈鬼",更不是因为鲍照的旧诗"竟瓜剖而豆分"的"伤时",在他看来,这些都是"新八股的朋友可以作种种的推测"的。而他为此之命名《瓜豆集》,"就只是老老实实的瓜豆,如冬瓜长豇豆之类是也。或者再自大一点称曰杜园瓜豆,即杜园菜"。关于这"杜园菜"的典故,乃是出自《越谚·释》,其中有言:"今越人一切蔬菜瓜蓏之属,出于园丁,不经市儿之手,则其价较增,谓之杜园菜,以其土膏露气真味尚存也。"这一段话,可谓解释了此书书名的来源,又曲折表达了他的一种审美的态度,值得格外关注。尽管此书也有《关于雷公》《谈鬼论》等与谈鬼有关的文章,但都是"疾虚妄"的态度,乃是以现代文明来解释的。

松枝茂夫对于周作人的《瓜豆集》也很是偏爱,他在翻译出版《周作人文艺随笔抄》时,便选有此书中的多篇文章。在翻译完《瓜豆集》并出版之后,松枝茂夫还出版过一册周作人的选集《结缘豆》,其中书名则选自《瓜豆集》中的一篇同名文章。相比此集中的其他文章,这篇《结缘豆》没有什么"焦躁"之气。此文写乡间风俗又在春夏之交,人们借纪念佛诞,"煮豆微撒以盐,邀人于路请食之以为结缘",由此他说这种做法,其因由,"或者由于不安于孤寂的缘故吧",而联系到他自己,"盖写文章即是不安寂寞,无论怎样写得难懂意识里也总期待有第二人读,不过对于他没有过大的要求,即不必要他来做喽啰而已"。进而又说:"煮豆微撒以盐而给人吃之,岂必要索厚偿,来生以百豆报我,但只愿有此微末情分,相见时好生看待，不至怅怅来去耳。""古人往矣，身后名亦复何足道，唯留存二三佳作，使今人读之欣然有同感，斯已足矣，今人之所能留赠后人者亦止此，此均是豆也。"周作人的这篇文章，简直可以看作他对写作的一种期待，隐含着一种慈悲的深情，也难怪松枝茂夫将其作为书名又列为全书的首篇来对待了。

二〇一七年十一月二十八日

『无人共话小川町』

——关于《药味集》

　　周作人在《药味集》的序言中写道:"拙文貌似闲适,往往误人,唯一二旧友知其苦味,废名昔日文中约略说及,近见日本友人议论拙文,谓有时读之颇感苦闷,鄙人甚感其言。"因周氏的集子至今尚无人作注,我辈读来只能知其意味罢了。诸如这里提及的日本友人,则是未能知道其具体高论。但周氏谈及的废名昔日的文章,则是可见后人所编的《废名文集》的,略加翻阅,想来应是废名所作的一篇《关于派别》,其中就有论及周作人文章的高妙之处。废名在这篇文章中将周作人的散文与陶渊明的诗和公安派的小品文进行比较,"文章有三种,一种是陶诗,不隔的,他自己知道;一种如知堂先生的散文,隔的,也自己知道;还有一种如公安派,文采多优,性灵溢露,写时自己未必知道。我们读者如何知之? 知之于其笔调"。废名这里所言的这种"隔",乃是隐约其间的意思,故而我们读周作人的文章，是需要审慎体会这种"隔"的妙处的。废名在文章中还谈论说："若散文则不然，具散文心性的人，不是从表现自己得快乐，他像一个教育家，循循善诱人，他说这句话并非他自己的意思非这句话不可，虽然这句话也就是他的意思。"

虽然周作人说废名的文章乃是"约略提及"，但在周作人的弟子之中，也算难得的"解人"了，故而周作人也独对废名别有青睐。废名在文章中谈到了周作人文章的"隔"的美学追求，但同时也特别能够理解周作人面对中国社会的"苦闷"处境，故而也才有这样的一番感慨："我们生在今日之中国，去孔子又三千年矣，社会罪孽太重，于文明人类本有的野蛮而外，还不晓得有许多石头压着我们，道学家、八股思想、家族制度等等，我们要翻身很得挣扎。名誉、权利、爱情，本身应该是有益的东西，有许多事业应该从这里来发生出来，在中国则是一个变态，几乎这些东西都是坏事的。"这是废名对于周作人作文之"苦"的另一番理解。周作人在序文中写到的"唯一二旧友知其苦味"，则是其在北平"苦雨斋"中孤苦无伴的一种凄凉心境的流露。尽管此时周作人表面上光鲜无比，但友朋的离去和故去，以至于有了一种"弦断无人听"的苦闷，于是也才有了他在序言中的这番牢骚。由此再来读周作人的这册《药味集》，便不能不对其中的几篇怀念故人旧友的文章倍加重视，诸如《关于范爱农》《玄同纪念》和《记蔡孑民先生的事》。

《钱玄同先生纪念》一篇，可谓最为动人也。其中简略谈及他与钱玄同的交往，特别写及这位故人离世后，他曾到钱斋进行吊奠，并送去了挽联一副，内容为："戏语竟成真，何日得见道山记；同游今散尽，无人共话小川町。"此中饱含很多的深情，追记往事，令人低回，但也流露出一种丧失知己的悲怆，可谓是由死者而伤及生者之孤苦处境也，颇有乡人在亲人死去后的哭丧，"你可叫我怎么办呀？"只是周作人写得分外克制。黄裳对于周作人的这篇文章也是极为称道的，一九四二年八月他在《古今》月刊上以"默庵"为笔名，刊发文章《读知堂文偶记》，其中这样写道："作者曾写纪念旧友的文章不少。有志摩、隅卿、鲁迅、品青、玄同诸人，在我看来，就中以《钱玄同先生纪念》一文最为沉痛，这沉痛并不是说在表面上如何如何，只是寂寞的记述彼此的友情，于是就更可以看出知己的可贵来，而那悲哀却是力透纸背的。"一九四六年黄裳还在《大公晚报》上刊发过一篇《更谈周作人》，此时周氏已按罪被捕，黄裳对于其的态度也是大加嘲讽，但独对这篇《玄同纪念》，还是多有称赞的："四年前在《燕京学报》上读到了他的《玄同纪念》，觉得非常好，觉得这是他的文章的巅顶，曾经与一位朋友反复赞叹。"

黄裳对于周作人的文章极为佩服，但对于其落水一事，则是大加嘲弄，十分痛心，其心情可谓十分复杂，很有些"卿本佳人，奈何做贼"的遗憾。在这篇《更谈周作人》中，黄裳谈及周作人对于知己难觅的苦闷心境的刻画，以为达到了极高的水准。周氏在其写给钱玄同的挽联后，曾各写有一段小注，上句为："前屡传君归道山，曾戏语之曰，道山何在，无人能说，君既曾游，大可作记以示来者。君殁之前二日有信来，覆信中又复提及，唯寄到时君已不及见矣。"下句为："余识君在戊申岁，其时尚号德潜，共从太炎先生听讲《说文解字》，每星期日集新小川町民报社。同学中龚宝铨朱宗莱家树人均先，朱希祖许寿裳现在川陕，留北平者唯余与玄同而已。每来谈常及尔时出民报社之人物，窃有开元遗事之感，今并此绝响矣。"这后一句，可谓道尽了周作人孤苦无伴的凄凉心境。黄裳对于这一句也是倍加称赞："这是多么沉痛的话，有许多地方，真是不敢回忆，好像是一块脱皮的血肉，用火酒搽上去的那种味道一样。我自己常有这种经验，深切地明白为什么一个人独坐空房会突然跳起来，这种情感的激动盖非假事而是的确的。晋阮籍遭父丧饮酒食肉不辍而一恸辄呕血数升，其不为普通人所了解，岂不是当然的么？"

　　黄裳后来还曾写过一篇《老虎桥边看"知堂"》，记他访问正羁押在狱中的周作人，其中多有嘲弄之处，可见其"破坏偶像"的快感，但他同时又在文章中写到自己的"不能免俗"，向周作人索要诗句，乃至在文章《更谈周作人》中，更是笔锋一转，谈及自己对于周作人在文章中的弦外之音，也是有一番婉转的暗示："这一点我很明白了，也能加以欣赏。"《药味集》中的另外两篇关于范爱农和蔡元培的纪念文章，其实也应是大有意味的。蔡元培是周作人的同乡，也是周作人的师辈，对于其多有栽培，可以算作是忘年交了，文章中写其曾作自寿诗打油，不但蔡先生有和诗，且用了真名。蔡先生当时年已古稀，但和诗却是"游戏之中自有谨厚之气"，令其颇多感慨。周作人作自寿诗曾引起一场风波，批判之声不绝于耳，但蔡元培的和诗，自是可令身在旋涡中的周氏感到温暖的。再如《关于范爱农》一篇，表面是纪念故人范爱农，但全篇却是追忆其兄鲁迅与范爱农的交往的，而作此文之时，鲁迅去世已两年矣。联系在《玄同纪念》中，周作人也提及一起在东京听章太炎课程的同学之中，多已离世，可谓"呼朋半为鬼"，其中便列了鲁迅之名，由此或许可以推测，周作人作这篇《关于范爱农》，实际上借纪念范爱农来怀念鲁迅的。

《药味集》由北平新民印书馆一九四二年三月出版，收文二十一篇，多系一九三七年到一九三九年之间所作。此时的周作人应该算是生活比较平静的，唯有因抗战而起所造成的友朋离散，以及由此而起的对于世事理解的分歧态度，自然会引起了他内心的苦闷之感。周作人在北平苦雨斋中想念故人，也思念故物。《药味集》中除了三篇关于故人的文章外，尚有多篇读书笔记和关于故乡风俗的文章，特别是《禹迹寺》《卖糖》《撒豆》《上坟船》《缘日》《蚊虫药》《炒栗子》《野草的俗名》等文章，乃是体现了他此一时期的追求。周作人在《缘日》中对于他作此类文章有一个解释："要了解一国民的文化，特别是外国的，我觉得如单从表面去看，那是无益的事，须得着眼于其情感生活，能够了解几分对于自然与人生的态度，这才可以稍有所得。从前我常想从文学美术去窥见一国的文化大略，结局是徒劳而无功，后始醒悟，自呼愚人不止，懊悔无及，如要卷土重来，非从民俗学入手不可。古今文学美术之菁华，总是一时的少数的表现，持与现实对照，往往不独不能疏通证明，或者反有抵牾亦未可知，如以礼仪风俗为中心，求得其自然与人生观，更进而了解其宗教情绪，那么这便有了六七分光，对于这国的事情可以有懂得的希望了。"

在这些关于故乡风俗的文章中，《炒栗子》最得人们的称赞。这篇文章虽不足两千字，周作人却先后引证了《合肥学舍札记》《画屏斋稿》《陔余丛考》《晒书堂笔录》《东京梦华录》《汴京竹枝词》《嘉泰会稽志》等诸多人所关注的笔记，因为其中一则笔记中已摘引了陆放翁的《老学庵笔记》，周作人便不再摘引，还有一册《紫幢轩集》则是一时没有找见。显然可见的是，这是一篇典型的"文抄公"的随笔文章，全文几乎便是由引证各书的笔记掌故串联起来的，但细细读来，却愈发感到一种趣味和幽情，显示出摘抄者十分深厚的功力和独特的眼光。更令人读之感怀的是，这篇文章中所征引的笔记典故，很能见出作者的一种凄凉苦闷的心境。诸如他征引《晒书堂笔录》中关于"炒栗子"的一则笔记，先是详写吃栗子和炒栗子的趣味，令人读之神往，随后则又提及一段掌故："古都李和儿炒栗名闻四方，他人百计效之，终不可。绍兴中陈福公及钱上阁出使虏庭，至燕山忽有两人持炒栗各十裹来献，三节人亦人得一裹，自赞曰李和儿也，挥涕而去。"此写宋人的江山陷落之痛，却以"炒栗子"来写，可谓高妙矣。周作人对此也作诗一首，其中有："燕山柳色太凄迷，话到家园一泪垂。长向行人供炒栗，伤心最是李和儿。"

二〇一七年十二月五日

『老婆心的废话』
——关于《苦口甘口》

《苦口甘口》由上海太平书局一九四四年十月出版，系周作人晚期散文集之一。其中文章多作于一九四三年九月到一九四四年八月。此期间，周作人已被免去了伪政府的职务，虽然又委任了一些闲职，但显然已身处边缘地位了。此一时期还有一个特点，便是抗日战争已经进入攻坚阶段，日本在中国战场上节节败退，这些情况对于周作人来说不能不说没有影响。止庵在《苦口甘口》的校订新版前言中认为："从《苦口甘口》起，周氏进入一个'总结时期'。"这是一个非常具有眼光的判断，但止庵的依据则是收入《苦口甘口》中的一篇回忆读书生涯的长文《我的杂学》。其实读完这册集子便不难发现，周氏借助读书这个事情，写了一系列的文章。起初我先是读完《我的杂学》，很不明白周氏何不将这篇长文置于篇首，以示重要，或者在目录中列出其中二十节的小标题，这个做法之前他就多有作为，后来在写作《知堂回想录》时，他便重新拟定了标题。待真正读完全书，发现除此篇之外，其他的一些文章似乎更为重要。

周作人集中谈过草木虫鱼，谈过妇女儿童问题，谈过风俗名物，谈过故人旧籍，但这一次，他集中所谈的则是读书这个事情。其中有些关于读书的观点，乃是他一以贯之的，但这次，则更为集中，也更为清晰。在文章《苦口甘口》中，周作人对于年轻人欲从事文学提供了一些自己的意见：其一他认为从事文学要先要有兴趣，最好不将其作为职业来对待；其二则是成为文学家并不容易，关键则是"先造成个人，能写作有思想的文人，别的一切都是其次"；其三是须略了解中国文学的传统。在他看来，"现在只就中国文学来说，这里边思想的分子很是重要，文学里的东西不外物理人情，假如不是在这里有点理解，下余的只是辞句，虽是写的华美，有如一套绣花枕头，外面好看而已"。进而他建议青年人要多读外国的作品，甚至要多读一些外国名家的作品，"因为外国文学作品的好丑我们不能懂得"。他把自己的这些建议称之为"老婆心的废话"。热心青年本希望能够听到他的热情鼓励，但没想到却泼了一盆冷水。周氏认为这些"逆耳"的话，"是不大咽得下去的"，故而他将此称之为"苦口"，意思不外是良药苦口这个俗语。

在《文艺复兴之梦》中，周作人举例了欧洲的文学复兴、日本的明治维新和中国的新文化运动之区别，认为中国的新文化运动之局限在于文艺，"只有若干文人出来嚷嚷，别的各方面没有什么动静，完全是孤立偏枯的状态"，其原因则是中国接受的影响来自强邻列国，其中不乏文化侵略和"国旗的影子"，而欧洲文艺复兴和日本的明治维新，则是接受"国际公产"的影响，其关键是以人间本位为主，而中国所接受的许多外国思想，本身就处于"混乱时期，思想复杂，各走极端，欲加采择，苦于无所适从"。针对这种状态，周作人在文章中呼吁："我们希望中国文艺复兴是整个的，就是在学术文艺各方面都有发展，成为一个分工合作，殊途同归的大运动。"对于中国的文化传统，虽然"不易变动"，"但明显的缺点亦不可不力求克服"；对于外国的文化，周作人建议"应溯流寻源，不仅以现代为足，直寻求其古典的根源而接受之，又不仅以一国为足，多学习数种外国语，适宜的加以采择，务求深广，依存之弊可去矣"。这些言论，不可不说是极为冷静而又深刻的，而他给文化人的建议，也是堪为苦口婆心的。

周作人一生倾心于散文随笔，对于小说除了早年有所涉猎之外，始终保持有警惕之心。特别是对于中国小说，包括《红楼梦》在内，他都多有不以为然之处。《论小说的教育》这篇文章，系他针对吴渔川口述的《庚子西狩丛谈》中论及民智未开，应以改良小说来促进的办法，予以认真的批驳。与《文艺复兴之梦》有所类似之处，周作人先是批评了中国人不能将小说演义与正经历史分开，由此造成很多思想上的混乱，诸如老百姓不读史只读演义，而士人读史却也亦只信演义，"其见识结果与百姓一样，但白读了许多书而已"。故而在文章中，他认为小说并非不可以读，"且并非不可用于教育，只要用得其道，简单地说就是当作小说去看"。对于读书人来说，"不过在与使士大夫知道正当读书之法，即是史当作史读，小说当作小说看而已，别无其他巧妙"。

由此可见他不建议只读文学书，更不建议只读小说，因为这些内容，对于培养一个健全而有思想的人是不大有效的，故而他甚至在文章中建议："须是中学教得好，普通科学皆能活用，尝试即以完备，再予以读书之指导，对于古今传承的话知其取舍，便可成功了。"再如文章《女子与读书》，他评价日本作家谢野晶子的随感集中关于读书的言论，"觉得很可佩服"，随后又大段引用其谈读书的相关议论，与周氏的观点可谓不谋而合，"哲学、心理学、历史、动植物学，这些书可以补这方面所缺的智识，养成缜密的观察与精确的判断力，于今后的妇人至关重要"，"假如一面读着可以磨炼理性，养成深锐的判断力的书籍，再去读软性的文学书，就会觉得普通甜俗的小说有点儿无聊，读不下去了，因此对于有高尚趣味的文学书加以注意，自能养成温雅的情绪"。在《灯下读书论》中，周作人又进而认为在读书有趣和有利的两派之外，他认为"可以说是为自己的教养而读书吧"。这种读书的态度，"既无什么利益，也没有多大的快乐，所得到的只是一点知识，而知识也就是苦，至少知识总是有点苦味的"。

由此来综观周作人在《苦口甘口》中多篇与读书有关的文章，其核心乃是希望给读书人提供一些真诚的参考，第一是读书应务求深求广，第二是读书要有所采择，第三是读书不应太过功利。这些读书要求和方法的提出，都是他对于建立一个真正的读书方法的个人期待。这些读书的方法和目的，便是他认为的培养和创造人。在《灯下读书论》中，他甚至重提旧文《伟大的捕风》中的观点，以为应不计功利地去读书和追查那些所谓"虚空"事情的来龙去脉，这些才是真正的"伟大的捕风"。这样来看，我们就不难理解在《苦口甘口》中，周作人为何并没有太过重视他的那篇长文《我的杂学》。如果上述几篇文章可以称之为他对于读书的观念和思考，那么《我的杂学》则可以看作周氏的一份书单或者现身说法而已。在文章中，他认为这篇长达两万余字的长文，"仿佛招供似的文章"，其目的也无外乎是表达自己的一个观点，便也是他曾反复多次唠叨过的，"中国现今紧要的事有两件，一是伦理之自然化，二是道义之事功化。前者是根据现代人类的知识调整中国固有的思想，后者是实践自己所有的理想适应中国现在的需要，都是必要的事"。

当然，长文《我的杂学》很好地体现了周作人的这个意图，特别是对于"伦理之自然化"这一点上。在回顾自己大半生的读书生涯中，始终贯穿着自己对于健全人的思想的一种追求，他先后谈及了涉猎中国古典文学、民俗学、医学、佛经、童谣、性学、神话学、人类学、日本书等领域的心得，可谓洋洋大观，但细细读来，中国他最为佩服的却只有王充、李贽、俞理初三人，并认为他们是"中国思想界之三盏灯火，虽然是辽远微弱，在后人却是贵重的引路的标识"，这是因为"他们未尝不知道多说真话的危险，只因通达物理人情，对于世间许多事情的错误不实看得清楚，忍不住要说，结果是不讨好，却也不在乎，这种爱真理的态度是最可宝贵，学术思想的前进就靠此力量，只可惜在中国历史上不太多见耳"。蔼理斯则是周作人最为佩服的另外一位思想者，他曾多次作文介绍，在《我的杂学》中又予以推介。他最为佩服的则是蔼理斯的人生观，以为其著作乃是紧密的研究，而蔼理斯的"宽广的眼光"和"深厚的思想"，"实在是极不易再得"，进而他说自己研究中国妇女问题，便是由此而发，这或许正也是他颇为自得的一件"道义之事功化"的例证吧。

二〇一七年十二月一日

谷林作为周作人的读者，除了他的读书随笔写得极好之外，对于周作人研究，他也有两点特别的贡献，其一是他曾借抄过一份周作人的手稿《老虎桥杂诗》，后来出版社印此诗稿，谷林发现他存的手稿中的诗要多于已出版的，且后者尚有不少错讹之处，故而他曾寄赠出版者并得以让其完璧，可谓一件功德事情；其二则或不被人注意，乃是谷林曾从周作人处得赠过一册《过去的工作》和《知堂乙酉文编》的签名本，他将这两本书于一九六三年借给孙伏园读过，并请后者为他在《知堂乙酉文编》上予以题词。谷林后来作文《曾在我家》中记录了这件往事，他写及孙伏园当时已经右侧病瘫，但还是为他勉力写了很长一段题跋，但此文未曾抄录全篇。查谷林的另一册著作《答客问》，其中插页处印有这段题跋，内容如下："劳祖德同志惠借《知堂乙酉文编》和《过去的工作》两书，使我得

勞祖德同志惠借"知堂乙酉文編"初刊去的
两书，使我得未及見，心感之至。两书同出原乙酉文稿，
乙酉是一九四五年，那年我是查尽及成都。和先生远
隔关山，书中一些地名人名，于我都十分亲切，而
了斛的处理意见和方法，尤关于宗教信仰与学问
尝听先生口述。所以一读再读，不忍释老。先生
今年搜的缘岁八十，敬祝他挛译生涯百年长寿。

一九六三年三月廿九日孙伏園左子书

孙伏园题跋《知堂乙酉文编》

未曾见，心感之至。两书同出原乙酉文稿。乙酉是一九四五年。那年我在重庆、成都，和先生远隔关山万重。文中一些地名人名，于我却十分亲切，而事物的处理意见和方法，如关于宗教信仰等等，间尝听先生口述。所以一读再读，不忍释卷。先生今年按旧算法八十，敬祝他著译生涯百年长寿。一九六三年三月廿九日孙伏园左手书。"

谷林在《曾在我家》中说到其中一句"先生今年按旧算法八十"，则是"一言便流泻出无限念旧深情"。而看此题跋全文，后面这句"敬祝他著译生涯百年长寿"则表达了一种依然如故的尊崇之情，亦可叹矣。谷林的这个小小举动，同样为后人留下了一份十分难得的资料。孙伏园时为国务院新闻出版署图书馆的一名领导，虽是闲职，但对于周作人的评价，还是保留了自己一贯的态度。孙伏园是周作人在北京大学的学生，毕业后创办并主持《晨报》副刊，刊发过鲁迅和周作人的不少文章，一时颇有声誉，但因与上司发生冲突，离开晨报创办《语丝》杂志，目的是"大家可以自由发表意见，不受别人干涉"。周作人后来在《知堂回想录》中写有一篇《语丝的成立》，便是回忆了这段往事，对于孙伏园亦是多有称赞，可惜此书一九七〇年才在香港出版，孙伏园自然也是看不到了。《答客问》中还印有一页一九六六年一月的日记，其中在该月三日这天有这样一段记录："图书馆的同志见告，伏老已于昨夜十一时逝世。至办公室，即以电话告知文华和韩杰朴，兼询伏老加入民盟年月，云四四年九月也。遂转告李志国，备发讣告。"

孙伏园在周作人的这册《知堂乙酉文编》上的题跋，

不但颇带感情，而且也很有见识。《知堂乙酉文编》由曹聚仁帮助于一九六一年二月在香港三育图书出版公司出版，谷林闻知此事后，很想购置一册，便写信给周作人。周回信说可以见赠，但担心万一寄失，便请他去八道湾领取，由此可见其书之少见和难得，连周作人也非常郑重。故而谷林后来才有在文中称呼他收藏此二册周氏著作为"翘楚"之叹，也才有孙伏园"所未曾见，心感之至"的题词。孙伏园在题跋中还写道："乙酉是一九四五年。那年我在重庆、成都，和先生远隔关山万重。"这一句，也是十分重要的，因为这一年对于孙伏园和周作人乃至每一位中国人都是十分特殊的。此年八月抗日战争胜利，随后的十二月初周作人便被国民政府逮捕，因此这本以"乙酉"来命名的文集，对于经历过这段历史的人来说，都是太醒目也太特殊了。孙伏园接着写道："文中一些地名人名，于我却十分亲切，而事物的处理意见和方法，如关于宗教信仰等等，间尝听先生口述。"这段话可以说是对于周作人这册文集内容的评价，同时特别写到其中有关宗教信仰的问题，乃是"间尝听先生口述"，可以说是道出了他与周氏的亲密关系，在当时也算是极为大胆的言语了。

孙伏园与周作人除了师生的关系之外，还有一个重要的关系，乃是他们都是绍兴人，可谓同乡矣。孙伏园的题跋中提及"文中一些地名人名，于我却十分亲切"，这里应该包括周作人记录北大旧事的《红楼一角》，其中写到了曾在北大任教的蔡元培、胡适之、刘半农、钱玄同、李大钊等，皆是孙伏园的老师辈，故而有"十分亲切"的感叹。还有一句"事物的处理意见和方法"，孙伏园举例宗教信仰一事，<u>应该指的是此书中收录的《无生老母的信息》一文</u>。但细读此文，应该还包括《红楼一角》中关于周作人与朋友积极营救李大钊的长子的往事，这是周作人的一大功德，"间尝听先生口述"，应是有的，但题跋此处，孙伏园则略显隐晦和曲折了一些。作为绍兴同乡，孙伏园对于周作人所写的《风的话》也会有很多感慨。此文看似写北平的风，但却大段描写绍兴的水和船，并多言乘坐这种故乡的"乌篷船"，如遭遇夏秋的龙卷风，"也不免危险"，他甚至在文中详细描写了一段："在庚子的前一年，我往浦东区吊先君的保母之丧，坐小船过大树港，适值大风，望见水面波浪如白鹅乱窜，船在浪上颠簸起落，如走游木，舟人竭力支撑，驶入汊港，始得平定，据说如再颠一刻，不倾船也将破散了。"

《风的话》作于"阴历三月末"，乃是周作人已深感岌岌可危之时。读这篇《风的话》，便不会不使人有所联想，其中还写到他曾在江南水师学堂做学生，因为有两个学生被淹死了，故而他没有学习游泳。这里他写了这样一段话："我年假回乡遇见人问，你在水师当然是会游水吧。我答说，不。为什么呢？因为我们只是在船上时有用，若是落了水就不行了，还用得着游泳么。这回答一半是滑稽，一半是实话，没有这个觉悟怎么能去坐那小船呢。"这段话如果联系当时周作人的处境来理解，可以说是大有意味的。虽然是水师学堂的学生，但却并不会想当然地会游水，而且他强调自己在船上有用，若落水就无用了，即使是学会游泳，也是没有意思的事情了。这个话说得颇为漂亮，且加上一句"没有这个觉悟怎么能去坐那小船呢"，也就是说，既然"上了船"，就绝不能让自己"落了水"。随后周作人又笔锋一转，再来写北平的风，但却又不仅仅写风，他写院子里的两棵树，一棵为白杨，一棵为柏树。特别是前者，因为叶柄特别细，略有微风，就颤动了起来。接着他这样写道："戊寅以前老友饼斋常来寒斋夜谈，听见墙外瑟瑟之声，辄惊问曰，下雨了吧，但不等回答，立即醒悟，又为白杨所骗了。戊寅春初老友饼斋下世，以后不复有深夜谈天的事，但白杨的风声还是照旧可听，从窗里望见一大片的绿叶也觉得很好看。"

显然可见的是，周作人在《风的话》中表达了一种在悲观中又寄托希望的复杂心情，只是他的表达实在是过于隐晦了。文集中的另一篇文章《道义之事功化》则是十分的鲜明的意见和态度了。此文作于"民国乙酉，十一月七日，北平"，再过不到一个月，周作人就被捕坐牢了。这篇文章与之前他写的那篇关于"伦理之自然化"的《梦想之一》可为姊妹篇，故而他在文章中说也可将此文叫作"梦想之二"。周氏在文章中还是引经据典，从笔记中曲折谈来，最终他说自己对于"道义之事功化"的理解，乃是"要以道义为宗旨，去求到功利上的实现，以名誉生命为资材，去博得国家人民的福利，此为知识界最高之任务"。随后他又再次提及三位"反对封建思想的勇士"的文人王充、李贽和俞理初，并说："上下千八百年，总算出了三位大人物，我们中国亦足自豪了。"联系周作人对于封建礼教的批判，这些议论不能不说有些自我评价的意味，"因此我们不自量也想继续的做下去，近若干年来有些人在微弱的呼叫便是为此，在民国而且正在要求民主化的现在，这些言论主张大概是没甚妨碍的了，只是空言无补，所以我们希望不但心口相应，更要言行一致，说得具体一点，便是他的思想言论须得兑现，即应当在行事上表现出来"。

《道义之事功化》这篇文章足可以看作一种精神深处的表白。周作人希望通过这篇文章，让读者去理解自己的选择，甚至他在文章中强调，这种"道义之事功化"，往往就是"革命的"，"世间不但未成人而且还以为狂诞悖戾，说说尚且不可，何况要去实做。这怎么好呢？"对于这样的难题，周作人继而引用蔼理斯在《随感录》里的一个故事作为说明，其中有一段话特别有意味："今天我从报上见到记事，有一只运兵船在地中海中了鱼雷，虽然离岸不远却立刻沉没了。一个看护妇还在甲板上。她动手脱去衣服，对旁边的人们说道，大哥们不要见怪，我须得去救小子们的命。她在水里游来游去，救起了好些的人。这个女人是属于我们的世界的。我有时遇到同样的女性的，优美而大胆的女人，她们做过同样勇敢的事，或者更为勇敢因为更为复杂地困难，我常觉得我的心在她们前面像一只香炉似的摆着，发出爱与崇拜之永久的香烟。"周作人评价蔼理斯的这个故事，乃是"说的真好"，他总结说此事对他的启发，便是"勇敢与新的羞耻，为人类服务而牺牲自己"，"现在的中国还须得从头来一个文化运动，这回须得实地做去，应该看那看护妇的样，如果为得救小子们的命，便当不客气的脱衣光膀子，即使大哥们要见怪也顾不得，至多只能对他们说句抱歉而已"。

理解或读懂周作人，《梦想之一》与《道义之事功化》

两篇，实在重要。积极地去看，周作人乃是一种理想主义的人格，可惜书生气过重，乃至成为一种"迂"了，但还不至于成为"愚"。周作人一再的言说自己的想法，曲曲折折，但已少有人去查探了。在这篇文章中，还写他在一九三八年曾写过一首打油诗："禹迹寺前春草生，沈园遗迹欠分明。偶然拄杖桥头望，流水斜阳太有情。"他说朋友曾见而和之，乃有："斜阳流水干卿事，信是人间太有情。"其中的意味大可见来，可惜周作人的这种隐晦的独白，乃是自言自语，他未免真是有些自作多情了。《知堂回想录》中收有一篇《监狱生活》，其中写一九四九年一月二十六日他从南京老虎桥监狱释放，曾口占一首"拟题壁"的打油诗，内容为："一千一百五十日，且作浮屠学闭关。今日出门桥上望，孤蒲零落满溪间。"对于这首诗，他在文末评说："这是赋而比也的打油诗，缺少温柔敦厚之致，那是没有法子的，但是比较丙戌（一九四六）六月所作的一首《骑驴》的诗，乃是送给傅斯年的，却是似乎还要好一点。"显然，此时的周作人希冀他人理解的希望，已经彻底幻灭了。傅斯年没有听懂周作人的弦外之音，或许根本就不愿意去听。但作为周作人的学生、朋友和同乡，孙伏园在读到这本《知堂乙酉文编》时，应该是理解其中的深意的，故而也才有"一读再读，不忍释卷"的慨叹。

二〇一七年十二月三日

『不俗』的辩解

——关于《知堂回想录》

　　《知堂回想录》是周作人的最后一部著作。周作人生前对于这部书的出版，看得甚重，但老人生前最终没有见到此书的出版。作为周作人对于一生的回忆，这本书回顾了他一生中自认为重要的人和事，诸如《北大感旧录》系列，谈的是他在北大任教时的同事；再如《我的工作》系列，则是谈他晚年翻译希腊神话的事情；最后的《拾遗》系列，其实就是他曾刊载于《古今》杂志上的《我的杂学》系列，乃是回顾他的读书生涯的；再如谈故乡往事、南京求学、日本经历、辛亥革命、"五四"记忆，等等，都是浓墨重彩，可以看出周作人对于自己一生回顾的取舍所在。但既然谈往事，除了被世所公认的这些事情，周作人还面临着两个难题，即他与鲁迅关系的破裂和他的出任日伪职务。可以说，这两个难题，不但是一直以来学界所甚为关注的问题，而且也是周氏撰写这本回忆录所面临的难题，这两个难题处理得好不好，直接决定着这本著作的质量和口碑。

关于撰写这册回忆录，乃是周作人应曹聚仁的提议而作，起先是在香港的《今晚报》上连载，但随即终止，后又在香港的《海光文艺》杂志上开始连载，旋即又终止，最终经曹聚仁周旋，得以在新加坡的《南洋商报》上连载十个月而完，并辗转以香港三育图书文具公司的名义出版。周作人最初答应写稿，或许有卖稿谋食的现实因素，但一经动笔，便并不全然如此了。在一九六〇年十二月九日的日记中，周氏写道："拟写《药堂谈往》寄于聚仁，应《新晚报》之招，粗有纲目，拟写至'五四'为止。"可以看出，周氏最初写这本书，只是打算写到"五四"为止，而他所面临的这两个难题，则是不涉及的，但最后他却是将自己的一生全部写来，而且是娓娓道来。那么，对于这两个难题，周作人的应对的态度如何，则也完全呈现了出来，便是此书中谈及的"不辩解"和"不说"。想来在写作这本《知堂回想录》的过程中，周作人也是深思熟虑的，待这两个困难越过去了，一切也就都好办了。

在此书写及与鲁迅的破裂之事时，周作人先是抄了他在一九四〇年五月所写的一篇文章《辩解》。这篇文章写得非常机智，用周作人的话来说，便是"那时只为写一种感想，成功一篇文章，需要些作料，这里边的杨恽嵇康，梭格拉底以及林武师，其实都是宵馔的'垫底'，至于表面的'噱头'，实在只是倪元镇这一点"。由此可见，周作人对于作文章还是清醒的。此处提及的倪元镇，乃是周氏在文章中引《东山谈苑》卷七的一则笔记："倪元镇为张士信所窘辱，绝口不言，或问之，元镇曰，一说便俗。"周作人进而解释说："此所谓俗，本来虽是与雅对立，在这里的意思当稍有不同，略如吾乡方言里的'魇'字吧，勉强用普通话来解说，恐怕只能说不懂事、不漂亮。"周作人的意思其实是说，对于一些需要辩解的事情，即使是按照民间的"说开"了，但是社会上因已经有了定论，这种辩解便是徒劳，且"平常人见了不会得同情，或者反觉可笑亦未可知，所以这种声明也多归无用"。对于这个关于倪云林的笔记，周作人谈过多次。

对于出任日伪的职务，则有《从不说话到说话》一节，也是他的态度的表达。关于出任伪职，他在简要阐述之后，有此议论："不过这些在敌伪时期所做的事，我不想这里来写，因为这些事本是人所共知，若是由我来记述，难免有近似辩解的文句，但是我是主张不辩解主义的，所以觉得不很合适。"接着他在文章中有写及歌德曾把自传名之为《诗与真实》，意思是说有些客观的真实可以通过个人的想象来叙述，从而成为一种艺术品供人鉴赏，但他对此是不能同意的。他的意见是和写作《鲁迅的故家》一个样子，"只做事实来报道，没有加入丝毫的虚构，除了因年代久远而生的有些遗忘和脱漏，那是不能免的，若是添加润色则是绝对没有的事"。而他对于文章的态度，"只是同平常写信一样，希望做到琐屑平凡的如面谈罢了"。随后周作人又再次引用了他在前面已经引用过的倪云林的那段笔记，同时又提及自己在敌伪时期曾写过"不少文章"，而且自认为是"多是有积极意义的，虽然我相信教训之无用，文字之无力，但在那时候觉得在水面上也只有这一条稻草可抓了"。

周作人此处谈及的《诗与真实》一段，也是非常关键的。试想他在这些举世关注的问题上如果稍有闪失，那么他在其他方面取得成绩的记叙也便是很值得怀疑，更何况他提及在"落水"之后所写的那些自认为有"积极意义的"文章了。由此可见，虽然周氏没有直接来写他在日伪期间的具体经过和相关事情，其实也是没有什么可说的，但他的这个态度乃至声明，真可以说是非常高明的。关于这两个问题，读者最为关心，也可能是读了后最为失望的地方，而我读后，则也是最为佩服的了。止庵在校订《知堂回想录》的前言中说这册回忆录的写作风格："大致仍旧遵循一己惯常路数，行文风格亦是典型的'知堂体'，即系'写话'而非'作文'，平淡而亲切，态度始终相当克制从容。"诸如谈及他与鲁迅的冲突，乃是"不辩解"，在谈及鲁迅后来对他的诸多关心，则也是表示出一种无可奈何的态度，"我也是痛惜这种断绝，可是有什么办法呢，人总只有人的力量"。周作人的这种态度，可以说是克制，也可以说是一种隐晦的坚决态度，故而又说："我很自幸能够不俗，对于鲁迅研究提供给了两种资料，也可以说对得起他的了。"

不过，在周作人的这本回忆录中，也有两处记叙，在我看来乃是很动情的，没有很好地做到"克制从容"。一处为文章《三一八》中记叙一九二六年三月十八日下午所发生的惨案。周作人深情回忆了那天他所见到的悲惨情景："我从东单牌楼往北走，一路上就遇着好些轻伤的人，坐在车上流着血，前往医院里去。第二天真相逐渐明了，那天下着小雪，铁狮子广场上还躺着好些死体，身上盖着一层薄雪，有朋友目击这惨象的，说起三一八来便不能忘记那个雪景。"这一段描述乃是如纪录片一般，看似凝重但极为抒情，这个闲笔实在是高妙，在周氏的记述中也是不多见的。关于"三一八事件"，鲁迅曾写过《记念刘和珍君》，纪念和追悼在这次惨案中牺牲的多位女学生，且已经成为名篇；而周作人写这篇文章，不但要记录他所见到的情景，而且也特别强调当时也曾作过一篇文章《新中国的女子》，且时间比鲁迅要早一天，其中引用了日本的《北京周报》上的报道经过和两则社论，都是赞誉"中国女子的大胆与从容"。其中的意见，可以说是颇为曲折的。

另一较为动情之处，乃是在《北大感旧录》系列中，有一篇回忆胡适的文章。在此文中他回忆了自己与胡适的交往之后，又特意在文末补充了一件小事，读来却颇有意味。周氏回忆说他曾翻译过一册《希腊拟曲》，"实在是很严重的工作"，"费力费时光"，最后在胡适的"激励"下，总算是翻译完成，"这是很可喜的"。书稿《希腊拟曲》完成后，交给胡适之主持的文化基金董事会的编译委员会，并且给了他十元一千字的报酬，很多年后，他还感叹说是自己所得的最高价了。这册译稿所得稿费计有四百元，他在西郊的板井村买了一块坟地，有二亩地的地面，而他只用了其中的三百六十元，便买了下来，可见稿费之高。所购的那块坟地，还包括有坟地后面的三间瓦屋，对此他特别写道："但是后来没有人住，所以倒塌了；新种的柏树过了三十多年，已经成林了。那里葬着我们的次女若子，侄儿丰二，最后还有先母鲁老太太，也安息在那里，那地方至今还好好的存在，便是我的力气总算不是白花了，这是我觉得深可庆幸的事情。"

这个看似闲笔的细节，其实也是大有文章的，至少在我看来应是如此。其时，胡适在大陆可谓臭名昭著，而周氏在听说了胡适在台湾去世的消息后，便作了这篇感旧文章，不但没有按照流行的语调进行评判，而且多有感念之情；其次则是关于这块坟地的用处。周氏谈及的侄儿丰二和先母鲁老太太，其实也暗含世人对于他的批评的不满，因为前者乃是其弟周建人的儿子，后者则是他们兄弟三人的母亲，但坟地却是早在很多年之前便已经买下来的。周作人的文章往往比较温婉，即使有所意见，也常常表达得比较曲折，后人只能细细读来，才能感受其中的一些微意，这些应该可以看作是一种不辩解的"辩解"。更为关键的还有一点，周氏写作此文时，已经将近八旬的高龄，可谓已经走到了人生的边缘，他是不会不想到自己身后之事的。然而遗憾的是，周作人死于"文革"开始的次年一九六七年，不但没有得到安葬，而且连骨灰也都没有保留下来。

我读《知堂回想录》，其实也没有多少新意要来表达。只是最近在旧网上订购了一册湖南人民出版社一九八二年一月出版的《周作人回忆录》，又将此书粗翻了一遍，发觉这本书乃是根据香港三育图书文具公司的版本印刷的，只是将书名改成了《回忆录》。此书附录了一篇曹聚仁的《校读小记》，乃是后来一些版本不曾收录的。曹聚仁对于周作人撰写回忆录厥功至伟，但他在这篇《小记》中却写了这样一段话："此稿，正如老人所再三说的，乃是我所建议，却是罗兄所大力成全的，我不敢贸然居功。"这里的"罗兄"，即系著名报人罗孚。恰好手边有罗孚的一册《北京十年》，其中有一辑文章名为《我所知道的周作人》，对于周作人的疑案多有剖析，甚至是辩解，读后大开眼界；但我关注的还是其中一篇《苦雨斋访周作人》，其中写他因喜爱周作人的文章，一九六三年曾在朋友的帮助下访问过一次周作人，并在一年后在其主持的香港报纸《新晚报》上连载其回忆录，但仅一个月就终止了，"那是中宣部通知香港的领导，不能继续这样刊登周作人的文章"。

　　之所以在谈《知堂回想录》后，又提及这个话题，乃是或许可以看出周作人的影响力。虽然表面上人人喊打，但喜爱他的文章者依然很多，诸如罗孚这样的文人，却也是深为喜爱的。罗孚虽然没有在他主持的《新晚报》上连载完周作人的回忆录，但他还是保存了一份名为《药堂谈往》的手稿，后来他又将这份手稿捐献给了北京的现代文学馆，可谓又一贡献吧。周作人对于罗孚或许是有影响的，而且应该还不仅仅是在文学一事上。罗孚一九四八年入党，为香港、台湾以及北美文化界的统战工作做了很多事情，但晚年却因故被限制居京长达十一年时间，这期间他化名"史林安"，拥有有限的自由，并业余写写文章，且结集为一册《北京十年》。对于为何被限制在京十余年，罗孚在自己的著述中从未提及，对于他的朋友也从未谈及过。其中自然有某些忌讳和纪律要

求的原因，但能够做到一点不谈，乃是非常难的，这种
"不说"或者"不辩解"的态度，也不知与周作人的影响
有没有关系？

二〇一七年十一月二十五日

可畏亦复可爱

——黄裳诞辰九十五周年纪念

　　黄裳的文章我爱之久矣。先生作文多以随笔、游记、评论、序跋、书话等为主，其文章常常能够借古喻今，从历史的故纸堆中阐发新见。他自述从大学时代起就对于旧书和版本发生了兴趣，从此之后用心搜求，积累了深厚的经验。可以说，愈到晚境，他对于版本和文史的研究就更见火候，特别是对于明清历史及版本知识的研究，在当代实难匹敌。他曾对于周作人的笔记资料就有过不甚认同的论述，对于史学大家陈寅恪的《柳如是别传》中有关资料的采集也有过非议，由此可见黄裳对于这一领域的研究多能游刃有余，发他人所不能发之妙论。这一方面，显示出在文化断裂的年代里，凭借一人之力对中国传统文化所能够达到的精深功力；另一方面，也显示了黄裳有其趣味和性情的一面。这些，对于今天那些具有传统文人趣味的同好们来说，自然是钦佩有加。对此，作家朱伟在文章《黄裳先生》中对此就曾有过议论，我以为很是精彩到位：
"先生文字，我最喜欢两类，一类是疲惫奔波于小铺、冷
摊间，在尘封残卷中嗅得一点冷僻暗香便目光似炬，由此
意趣自满地记下的精细把玩。这类'众里寻他千百度'的
搜求记录，令我感动的是那种书人无缘相见、囊中无力支
撑的嗟恻。这些文字好处，也许就在欲罢不能的兴会淋漓
中真挚表达着书人关系中的萦萦牵挂、绵绵难舍直到殚精
竭虑。另一类其实是这一类所必然触发——只要枕度经
史，迷上'纸白如玉、墨凝似漆'，自然曲径通幽，在书
海流连中对春晕艳香痴痴地探渊。书中女人，本身就是比
试文人雅士作文深浅无法回避的课题，不仅要比史料，还
要比感花溅泪的悱恻。"

　　黄裳的书话文字读来最为动情，也常让人颇有些沉郁
顿挫之感。近代以来，如黄裳之读书境遇者，一为郑振
铎，另一个则是孙犁。前者乃是劫中救书，后者则是劫后
修书。黄裳书话之珍贵，既有郑振铎一样的专业眼光，又
有孙犁一样的沉痛遭遇，由此写来，自然令后来者难以效
仿。十年"文革"之中，文化典籍遭受涂炭与糟践。焚
书、禁书、毁书，以及无法买书、写书和藏书，甚至是不
能自由地去读书。可谓是文化惨遭涂炭，文人备受凌辱。
黄裳在他的文章《祭书》中，便写到他与自己所收藏的旧
籍在"文革"中的不堪遭遇。某日，被下放到干校里当泥
水小工的黄裳正准备上工，忽然接到通知，让他迅速回上
海的单位里报到。等他第二天遵命报到了，先是被大声地
呵斥，然后告诉只能坐在门外的他："今天按政策没收你
全部藏书。"听到这句话，黄裳说他才醒悟过来，"为什么

会采取如此神秘而迅速的手段，那是防备我会进行私下里的转移"。随后，三十多个大汉，两部卡车，几大捆的麻袋，用了一整天又一个上午的时间，才把他的全部藏书运走了。在查抄的过程中，他提出可否留下一个目录，那位查抄的头头对他大喝一声："嚣张！"

"文革"结束后，黄裳得知他的这些藏书并未失散，于是为此奔走呼告，因为在他看来："我的几本破书够不上'国宝'的资格自然用不着多说，但对我却是珍贵的。因为它们被辛苦地买来，读过，记下札记，写成文字，形成了研究构思的脉络。总之，是今后工作的重要依据。没有了它，就只能束手叹气，什么事都干不成。"然而，这些被查抄的书籍，却久不得返，《祭书》一文，便是在这样的情况下写成的。后来，黄裳还是终于收回了自己的部分藏书。在另一篇文章《书之归去来》中，他写了终于回到自己身边的藏书，虽然只有原先的三分之一，但还是非常高兴的，而那些大部头的、精装的、画册、小说等，都大抵是失踪了。为此，在这篇文章的结尾中，黄裳颇有些无奈地感慨道："但即使如此，这些历劫归来的书册，还是给我带来了很大的愉乐。"黄裳的这些关于旧书失而复得的记忆，可谓艰难而欢欣，读来令人难忘。这些所记文字清雅也生动，而他作为爱书人的可爱与可敬，也常常是跃然纸上的，还有那些虎口夺书的难忘旧事，因为有着读书人灼热的生命感悟，才终会成为不可多得的书话文字。

也正是这些劫后归来的藏书，几乎成为黄裳晚年写作和自娱的重要资源，最为典型的便是他整理和不断补充才完成的《来燕榭书跋》。他在这册著作的后记中，写自己在抗日战争胜利后开始聚书，起先以新文学著作为主，随后不久兴趣便转为线装旧书了，前后持续了大约十年的光阴，直到"文革"被全部查抄为止。"文革"结束后，这些旧物又陆续地发还给他，但让黄裳后来颇为感慨的是，"想不到的劫后重逢，摩挲旧物，感慨无端，因摘要选取书前所存题记，别为一册。漫无次序，随得随录，倏然成册，遂付刊行，及今亦已十年矣"。黄裳的这一举动，让我想到了作家孙犁。孙犁在晚年得到被发还的书籍，所做的一项工作便是给这些旧物包上书皮，并以极为深情和文雅的笔触，写下了不少的题跋，这也便是后来被结集出版的孙犁著作《书衣文录》。它与黄裳的这册《来燕榭书跋》，在我看来，它们均以相同的方式表达了内心中的劫后心境，实有异曲同工之处。

诸如那篇《谈野翁试验小方》，黄裳写他著作的版本价值："此嘉靖赵府味经堂刊本也。《千顷堂目》著录，世未经见。刊极古雅，阔栏阴文花边，巾箱小册。半叶六行，行十二字。"随后又记此书所得之途："书出姑苏玄妙观，书肆主人收于打鼓者手，索重直，初未能得，自再去吴下，书仍未售去，价亦少减，遂得之归。"这篇跋记写于"戊子九月"，据推算，应为一九四八年。关于此书的来历，后来黄裳又作一跋记，记述更为详细："二十年前游吴下，同行者有郑西谛、叶圣陶、吴春晗诸君。抵苏时已傍晚，饮于市楼。秋风初起，鲍鲥正肥。圣陶取一尾于掌中按之，腹大如鼓，诸君顾而乐之。饭罢已昏黑，西谛访书之兴大豪，漫步胡龙街上，呼门而入，凡历数家。后于玄妙观李姓肆中见此小册，索巨直，西谛时方其穷，顾谓余曰，此可得也。喧笑而去。又十日，余更过吴门，更见此书，尚无售主，还价携归，以为帐秘。"据上可推断，此题跋应写于一九六八年，此时旧物尚在，但早已是物是人非了。因此，黄裳在跋记最后，还有此番慨叹："二十年前事，依稀如昨，而西谛墓有宿草，同游星散，人事变换，几如隔世。"这里的西谛，便是郑振铎。这篇书跋中所记往事，也可见出黄裳对于郑振铎的怀念与钦佩。

一九八一年，也就是此书题跋上的"辛酉腊月初一日"，黄裳又"重展此书"，在书上题跋记如下："前跋所及同游诸人，只叶圣翁健在，年近九旬矣。纸墨之寿，永于金石，何况其余，信然。此书沦于盗手亦七年始归，未沦劫火，亦出意外，是更不可知矣。"吴春晗即吴晗，历史学家，一九六九年便已过世。一九八四年，也就是题记上所写的"甲子上元"，黄裳又有跋记为："明刻板式甚多，然类此者绝不经见。暇拟集明刻雕版之有特色者若干种为一小图谱，必有趣。"一册书的跋记，先后题记共有四次，可见黄裳对旧藏的怜惜与热爱。此时，叶圣陶先生也还健在，黄裳也已是年过花甲的老者了，而一九四八年他们在江南酒后访书时，他还只是不到而立之年的年轻人。黄裳在此书的后记中说，他是以散文为主要的写作文体的，因此"书跋"在他看来与散文也是一致的。也正因此，我读黄裳的这册《来燕榭书跋》，便特别留意他所记书跋的内容，除了他写这些旧藏的版本流传与价值，还写他自己访书、购书与读书的旧人旧事，以致每一册著作，无论是价值贵廉，都有着它们自己的命运，也都有着爱书人悲欣交集的浓浓之情。

　　钱锺书曾称赞黄裳的文字"笔挟风霜，可畏亦复可爱"。钱先生对于他人文章常多褒奖，但对于黄裳的这一评说，客观来说也是比较属实的判断。通读黄裳的多部文集，一个最明显印象就是文风老到凌厉，无论在他早年的少作中，还是在他近年来的晚境新作中，均未有大的变化，所论有义正词严处，常不容辩驳。诸如他早年的代表作《钱梅兰芳》与近年来最有代表性的《第三条道路》，两篇文章均曾引起笔仗，但似乎又很难与黄裳进行争辩，因为前者是他劝说梅兰芳不该为抗战胜利后的蒋介石政权庆功，后者则是批评那些在家国危亡之际缺乏民族大义的芸芸众生。对于这一以贯之的凌厉气势，黄裳是颇为满意的。在《答董桥》一文中，就有"至今仍不失凌厉之气，尤令会心"的自白，而在《来燕榭文存》的后记中，又有："尝见读者评论，说我的近时文字，较之六十年前旧作，其凌厉之气已十去其九。不禁惘然。"这大约就是钱锺书所言的"可畏"。黄裳说自己喜爱鲁迅，杂文笔法也多源于鲁迅先生，这是个让人尊敬的解释，但我读鲁迅的杂文，多也凌厉，却毫无这般正义在手的义正词严。鲁迅杂文虽笔调尖利，但内心却是彷徨的，因为他并没有看到希望的出路，也没有如黄裳那样乐观地充满期待。钱锺书论及黄裳文章"可爱"，其用意或许也正在于此。

二〇一三年一月

书之归去来

——《黄裳书话》及其他

黄裳以书话闻名。姜德明先生对书话有过精到的论述，他说书话以谈版本知识为主，可做必要的考证和校勘，亦可涉及书内外的掌故，或抒发作者一时的感情。当代在书话的写作上，黄裳可称独步。相比其他的一些书话写作者，黄裳是把书话当作美文来写作的，这并不是说他在版本和考证方面缺乏功力，相反的是，他收藏丰富，又精于明清书籍的版本知识，眼光和见识也都是不凡的，但他之所以能够与众不同，乃是他能把书话当作一种文体来经营。这一点，我是在他的文章中屡屡得到了证实。在他的文章《海滨消夏记》中，对此就有过很好的谈论。这篇文章写了他对于历史学家陈垣著作《通鉴胡注表微》的赞叹，并由此引申了他对于文章作法上的见解："我一直有一种感觉，按照今天的通常概念，散文的范围已经狭到难以想象的程度。仿佛只有某一种讲究词藻、近于散文诗的抒情写景之作，才可以称为散文。其实按照过去的传统，无论中外，散文的门类和风格都非常繁复，并不如此单一。即以史学著作而论，我们就曾有不同风格、色调的散文名篇在。记事、议论……即使科学性很强的著作，也完全不妨碍它成为美文。"

黄裳的散文之所以令人神往，乃是他的散文有一种蕴藉之美，十分的耐读。我读他的书话散文既久，慢慢地感觉到他的散文的一种内蕴，其在专精于古籍版本知识之外，还有一种"沉郁顿挫"的美学意蕴。这种沉郁顿挫的美学效果，细细读来便是黄裳在他的书话文章之中，有着一种个人体验式的沉思与批判，由此延伸到他对于政治与历史的态度，而并不只是一种风雅事情。诸如作为一位爱书人，他常常能够由书之收藏和流散来见识时代的文化气象，这是弥足珍贵的。记得读过他的一篇名为《祭书》文章，印象十分深刻。那篇文章写他在文化动乱年代的一件旧事。某日，他正在干校里当水泥小工，换上了劳动服正准备上工，忽然上头来了通知，要求他马上回上海的单位去报到；第二日，他遵命去单位，先是被大声地呵斥，接着告知坐在门外的他，"要按政策没收他的全部藏书"。然后，三十多个大汉和两辆运纸卡车便浩浩荡荡地开向了他的住所，并以一整天又一个上午的时间把他的全部印有黑字的本子用麻袋装上，运走了。在查抄的过程中，他曾向一位头头提出，是否可以留下一份目录呢？那位头头向他大喝了一声道："嚣张！"

"文革"灾祸刚熄，黄裳经过一番努力，他的部分藏书终于又回到了身边。他便根据这些归来的藏书写了不少的读书笔记。经历这番荒诞屈辱的读书人，笔端难免带有感情，难得他又能很克制地写出自己的见解。在《黄裳书话》的后记中，他这样写自己在劫后重生时的读写之事："二十多年前，我的藏书被抄没了。免不了时时想起，闲时就从记忆中抄下些亡书的依稀印象，写成一册《前尘梦影新录》。因为无书可据，回忆也只能是简短的，但更多涉及了得书的经过、书林琐事，颇近于传统的题跋。又过了十年，藏书少少发还，旧友重逢，在欢喜之余，就开始动手写读书记。我平常也写些杂文，而写杂文不免要触及时弊，转喉触讳，吃力得很。这时就索性在旧书里找资料，古人已死，说些怪话也不会引来过多的麻烦。时日虽迁，而旧谱无恙，往往在古人身上得见今人的影子。这就使读书记多少脱离了骸骨的迷恋，得见时代的光影，免于无病呻吟无聊之讥。"由此可见，黄裳对于他的写作是非常清醒和自觉的。正如他评价那个头头训斥他的"嚣张"这个词语时，那其中是有着一种"特有的丰富而微妙的涵义"的。

类似这样书之归去来的叙述和感慨，在黄裳的书话文章之中，可谓尤其特别，常常读来令人为之低回。其中不少甚至都可以称之为书林佳话的。此处不妨略举二例，其中一个便是他在文章《爱书者》中写到了著名的藏书家周叔弢先生的事迹。他说周老先生与其他藏书家之区别，乃是特别重视和懂得残本的重要。许多珍贵的古籍因为种种原因，分储数地，周老能先后收得，剑合珠圆。周老的藏书题跋中，也常会流露出一种别样的深情。诸如黄裳很赞叹周老在《春秋经传集解·春秋名号归一图·年表》一书后的题记，便是写了这种珍本重逢的缘分："庚子春余从文友堂先得《春秋年表》及《名号归一图》，是年秋从藻玉堂得是书卷十二、十三、卷廿七至卅，计六卷。越岁辛未冬复从肆文堂得卷二至十一、卷十四至廿六，计廿三卷，旧装未改，居然璧合。闻卷一前十年归嘉定徐氏，因急访之北平，乃前数日为一龚姓用六百圆买去，故都入海，渺不可追矣。……甲申十二月二十六日北平书友陈济川以函来告云，嘉定徐氏藏岳科《左传》一卷，近在谢刚主先生处求售，予闻之，不禁惊喜过望，此正予本所逸，曩日传为毁于兵燹者，今岿然犹在人间也。"

对于一本书的搜求，已经可以用曲折离奇来形容了，其中的每一因缘都有浓浓的情感充满其中。但更令黄裳为之赞叹的，还有此跋之后的几行文字："丁亥春余既获岳刻首册作延津之后，遂检前得抚州本《左传》二卷，宋汀州本《群经音辨》二卷，归之故宫。此二书纸墨精美，宋刻上乘，《群经音辨》犹毛氏旧装，所谓'宣绫包角藏经笺'者，宛在目前。然故宫所佚，得此即为完书，余岂忍私自珍秘，与书为仇邪！去书之日，心意惘然，因记其端委于此。"对于周叔弢老人的此一举动和情感，黄裳则有如下论之："好书一定要聚合在一起，不能听任其分崩离析，至于藏在自己家里或国家图书馆中，那是不必计较的。当然书去之日，还是不能不惘然。这正是人之常情，但比起钱牧斋买宋版《汉书》时有如李后主挥泪对宫娥的情感，却不知高出多少了。也正是出于这种情感与认识，他将全部藏书捐献给国家保藏。这是一个真正爱书者所能达到的最高境界。"诸如这样的议论和评价，也还出现在黄裳对于郑振铎、阿英、唐弢等人的评论之中。这几位藏书家和爱书人对于黄裳，也都是颇有影响的，但在对待书的归宿上，他却是别有一番态度的。

黄裳的藏书在"文革"后得以陆续送还给他之后，有位前辈曾经劝其也将这些书籍捐给国家，然而黄裳却是断然拒绝了，其中的原因黄裳没有多讲，但想来与他遭遇的那些诸如"嚣张"之类的经历有关的。但如果因此而认为黄裳乃是寡情之人，也是很不正确的。我曾读过他的一篇文章，名为《先知》，其中写的便是一段完璧的佳话，也能从中看到书之离散以及背后的温情。在这篇文章中，他说自己在购买线装书之前，曾有好几年热衷于搜集"五四"以来新文学的版本书。"文革"后发还给他的旧书之中，有一本黎巴嫩诗人纪伯伦的哲理散文诗《先知》，是一九三一年九月新月书店初版的精装本。这是一本黑布硬面精装的小书，其他别无装饰，只在书脊上端粘着一块小纸片，印着"冰心：先知"。黄裳说这是冰心的译本。更为值得爱重的则在于，这还是译者的一册手校本。在其扉页上还有冰心的一段钢笔题记，如下："这本书送给文藻，感谢他一夏天的工夫，为我校读，给我许多的纠正。——这些纠正中的错误，都成了我们中间最甜柔的戏笑——我所最要纪念的，还是在拭汗挥扇之中，我们隔着圆桌有趣的工作。十一，十七夜，一九三一　冰心。"

对于这本书，黄裳还特别强调此书是用米黄色的道林纸印刷的，中间插有铜版纸印的插画，而校改则是用紫色墨水写的，其中还曾夹着一些用紫藤花编的精巧的小小花环。虽然此书十分珍贵，被黄裳称为他所收藏的新文学书中的"白眉",但在归还他之后,还是决定把这本《先知》托巴金寄还给了它原来的主人。收到了此书的冰心很快给他写了一封回信,其中写道:"收到巴金转来的您'还'给我们的那本附有题字的《先知》,真有意外的欢喜和感激!几经离乱,赠书人和受书人的脑海中,都早已没有了那片帆影。为了晚年的慰藉,我们向您深深地致谢。"黄裳的这篇文章写于"文革"之后,定稿于一九八〇年。这也便是我所读到的另一则关于书之归去来的佳话了。也由此,我也便多少能够理解他当时的心情,诸如他在文章《书之归去来》中便曾颇为动情地感叹道:"衷心感谢党中央,粉碎了'四人帮'……又逐步落实了知识分子政策,最近我收回了一点木版书以外的藏书。虽然只有原来的三分之一光景,也还是非常高兴的。"

　　诸如上述的这种有关书之收藏和离散的记述和感慨,在黄裳的书话和书跋之中,乃是颇多的,这是他与其他善写此类文章的藏书家所不同的地方。在黄裳的心中,他岂止是把这些旧书当作珍贵的东西来对待的,而是作为亲人、朋友乃至孩子来善待的,因此充满了深情,写来笔端也常夹杂着一种十分复杂的情绪。关于黄裳的书话散文,我是买过很多不同的集子的,若集合起来,也是洋洋大观了。后来我忽然想起他还曾编选和出版过一册《黄裳书话》,自己却并未收藏,于是便急急在网上买了一册,而且还是签名本。这册《黄裳书话》一九九六年十月由北京出版社出版,距今已二十年矣。此书由著名藏书家姜德明先生策划和主编,制作甚是精良,全书二十三万五千字,三十二开本,印刷一万册。但我买到的这册签名本却甚是特别，它是黄裳一九九八年春天签赠给陈梦熊的，扉页的题赠以蓝色的钢笔字写成。陈梦熊收藏的这册《黄裳书话》也是特别，全书用牛皮纸包封，品相极好，封面和书脊也都用毛笔写了书名，且在扉页上盖有陈梦熊的藏书印："熊融藏书。"我在翻阅全书之时，还在第三辑的插页上又看到了一枚藏书印，可见藏者之用心和偏爱。

陈梦熊是什么人？孔夫子网上的旧书店介绍此书为"名人签赠名人"，故而书价甚昂，我犹豫再三还是决心购下了。旧书店介绍的此位陈梦熊为新月派诗人和著名考古学家陈梦家的弟弟，但这位弟弟陈梦熊却又是一位科学工作者，也是颇有成就，生前曾为中国科学院院士和水文地质学家。难道黄裳会把一册极为文雅的书话散文著作送给一位科技工作者？我表示怀疑。后来我又在网上查阅一番，终于才发现这位陈梦熊先生原来也是上海的一位学者和藏书家。上海作家韦泱曾在《文汇报》上写过一篇纪念这位已逝的藏书家的文章，我读后更证明了此书的真身："梦熊是我见到为数不多的真正爱书之人。我粗略估算，他的藏书在万册上下。这些书有两个特点，一是每本书均用牛皮纸包装，像小学生包教科书那样，包得整体、严实、干净，还在包装的书皮和书脊上，用毛笔端端正正写上书名及作者；二是每册书的扉页下端，都钤上一枚'熊融藏书'（笔名）的藏书印。近二三十年中，他搬了六七次家，可珍藏的书籍、友朋的信札都保存了下来。这甚为不易。翻阅着这些新若未触、保护完好的旧籍，不能不令人陡生敬意，心中叹道：每本书都凝结着他的心血哪！"

除了爱书和藏书之外，这位陈梦熊先生其实还是上海

黄裳书话

陈梦熊珍藏的《黄裳书话》

姜德明　主编
黄　裳　选编

北京出版社

黄裳书话

社会科学院文学研究所的研究员，倾心鲁迅和现代文学研究，曾出版研究专著《〈鲁迅全集〉中的人和事》和《文幕与文墓》等。关于这位陈梦熊先生的介绍十分寥寥，但我还是偶然在《温州读书报》上读到柳和城先生的文章《忆"提携人"陈梦熊兄》，其中也谈到陈梦熊与书的悲欣往事："他曾莫名其妙受'胡风案'牵连，坐牢一年多，藏书全被毁。'文革'中梦熊兄更惨，藏书先被窃，后被查抄，人被批斗，先前的书友'划清界限'，不得不写'绝交信'等等。总之，为书而遭厄运。他对家庭变故也不忌讳，都因为那几场运动和他钟爱的书。""文革"后，陈梦熊又恢复购书和藏书，但他居住的屋子太小，只能把书藏于床底下，王遽常先生曾称他为"床书家"。他还写过一篇《我的藏书厄运》，屡述书之流散。对于陈梦熊先生身后藏书的情况，柳和城颇生感慨："如今被拍卖的大批盖有'熊融'藏书印的书刊以及书信，梦熊兄已无法目睹了，但愿他们有个好归宿，不要沦为还魂纸原料！"我在旧书网上搜索了一番，果然发现陈梦熊的很多藏书至今都在悄然待售。这册由其珍藏的《黄裳书话》，恰如学者扬之水形如其收藏几经辗转的周作人初版本的那番心情，乃便是"今在我家"了。

二〇一六年四月二十三日

凤鸣·银鱼·富春

——读黄裳札记

在上海一家旧书店网购了一册黄裳的《榆下杂说》初版本，上海古籍出版社一九九二年八月版，当时只印了两千五百册。这是黄裳比较重要的一册集子，后来再版过。此书后记写到了他对于理想的读书随笔的美好期待："如能在浩如烟海的册籍中发现一二新鲜的意见，珍奇的记事，是不能不使人精神一振的。加以选抄、阐释，正是翻阅了若干书册以后的结果，不是可以随手拾来的。"这册书得来，还有一个小小的意外，就是书后有一枚很小的书店印章，名为"凤鸣书店"。此书店由当时在上海做编辑的陆灏创办，但不久就消失了。在不少当代文人的日记、文章和书信中，均见过关于此书店的信息，故而颇有印象。后来在网上查了一下，有不少关于这个书店的消息。诸如王元化、黄裳等海上文人皆曾为这家书店签名出售，扬之水还曾帮着在北京联系出版社买书，施蛰存也曾在书店寄售过一批旧洋书，据说后来被研究民国上海的李欧梵买走了一些。

北京的《读书》杂志也曾刊登过凤鸣书店的广告，写得很有味道，其中有这样一句，很令人动心："诗曰：'凤凰鸣兮，于彼高冈。梧桐生矣，于彼朝阳。'——凤鸣未必寓意于此，但总之这是一个吉祥的名字。不过，重要的是在求友吧。如果真的能够成为书友们常常聚会的小小书屋；或者，以书为媒，系一脉爱书人的情愫，那么，'凤兮凤兮'，一鸣之下，当不会寂寞的。"作为凤鸣书店的主人，陆灏当时尚是《文汇读书周报》的编辑，结识文人名流甚多，因此凭借这种资源，为读者介绍一些好书，求得一些签名本，也是好的；而从另一个方面，在人文著作出版不甚景气的二十世纪九十年代初，这样一个人文书店，也为不少文人的著作获得了更多的读者。这是网络时代之前所留存的一点读书人的古风，乃真正是意在"求友"。诸如黄裳的这册盖有书店名章的《榆下杂说》，虽然印刷数量十分有限，但在凤鸣书店还颇售出了不少呢。

黄裳有一册书话集，名为《银鱼集》，由三联书店出版。此书书名取得清雅可爱。三联书店在范用主政时期，曾先后出版过黄裳的《榆下说书》《翠墨集》《珠还记幸》和《银鱼集》等多册，其中除《银鱼集》外，皆由范用先生亲自操刀设计封面。这册《银鱼集》，封面上用黄裳的手迹作书名，底图为几条可爱的游鱼，别无其他元素，甚至连出版社名也省略了，真是分外的简洁、古朴与雅致。此书的设计者是著名的图书装帧家钱月华，钱先生设计的著作曾获得过全国图书装帧评比一等奖。但恰恰是这个封面，被很多书衣爱好者所议论，以为虽然雅致，但"图不对题"，显然是"美编偷懒"，甚至还有为钱先生的设计进行辩护的，以为"感觉好就行"。我翻阅此书的后记，不难发现黄裳对于书名中的"银鱼"有着明确的解释："有时打开一本旧书，会忽然发现一条两三分长的银灰色的细长小虫，一下子就钻到不知道什么地方去了。"显然，此"银鱼"乃是书虫的另一种别致的称呼。黄裳还说，古人的题跋之中就有"银鱼乱走"的句子，而据说有的虫子三次吃掉书叶里的"神仙"字样，就成了"脉望"，并感叹"真是值得羡慕的虫子"。

黄裳喜欢藏书，爱写书话文章，但若出书在书名中找出可供嵌入一个和"书"字有关词语，则是恐怕已经被他人用尽了，故而便选用了一个"银鱼集"这样的名目。但既然此书名乃是书虫的别称，何以被设计者理解成为水中畅游的银色小鱼呢，难道真如读者批评的那样，设计家不读书之故？恰好手边有一册范用先生编选的《存牍辑览》，我粗阅一过，发现里面收录黄裳致范用的一封信，谈的正是他对这册集子的封面的设想。在这封信中，黄裳写道："关于封面设计，请你考虑决定即好。寄上一本《河南出土空心砖拓片集》，其中第八十二条有三条鱼，颇古朴可爱，是否可以加以利用。或制一满版作衬底，或作为上下镶边，各安排一长条，或仅用一条。我没有经验，请决定。"由此是否可作断定，封面采用"银鱼"而非"书虫"，其实正是黄裳本人的意见，甚至设计的整体构想，也是按黄裳的意图来操办的。因手头没有黄裳所说的那册古书，故而不知道作为美术编辑的钱月华先生是否采用了黄裳所推荐的"颇古朴可爱"的"三条鱼"图案？

　　黄裳除了书话散文之外，在游记写作上也是颇为用心的。二十世纪八十年代初，黄裳写了不少"游山玩水"方面的文章，颇为他人称道，对此，他自己也是很为看重的。每编散文选集，黄裳总是将游记散文作为重要篇目，诸如《过去的足迹》《好山好水》《黄裳自选集》等集子，均是如此。黄裳的游记代表作还有《金陵五记》《新北京》《山川·历史·人物》《晚春的行旅》等集子，这些文章的内容多为寻访古迹、凭吊历史、搜求旧籍、领略山川，可谓后来流行一时的"文化大散文"的滥觞。但黄裳的这些游记文章，区别于后来的"文化大散文"，还在于其中有对当时社会环境的一种深深的个人寄寓，试图在追寻历史的过程中接通当下的现实，从而以他摇曳动人的笔触写出个人的意见和态度，这是一份书生所抱有的情怀，也是一种文人所独有的情结。可以说，黄裳的这些游记散文，绝不是摘抄一些历史的典故，也绝不是简单空泛地谈论一些文化命题，而是带有鲜明的个人态度和情绪的，这也正是黄裳散文的一个重要特征。

　　黄裳的游记散文之佳，乃是有共识在先。倒是翻范用先生选编的《存牍辑览》，发现还有一个值得注意的细节，却是少人关注的。黄裳在给范的信中曾屡次提及他的一个想法，便是编选一册以《富春集》为书名的游记文集。后来大约是所编的内容过多，经过一分为二才得以出版，也便是在香港三联书店出版的《山川·历史·人物》和《晚春的行旅》。前者后来在内地的花城出版社出版，改为《花步集》，后者则由湖南人民出版社出版，列入该社策划的"骆驼文丛"之中，但不知为何，《富春集》这个十分优美的书名却一直未能采用。文集《晚春的行旅》中有一篇他写于一九八一年十月一日的游记《富春》，他说不仅仅因为这条江水有一个"非凡美丽的名字，仿佛一提起就会梦见在烟峦云树中隐约出现的一位仪态万方、丰神绝世的美人"，更重要的是这条江水，还与梁代吴均的《与宋元思书》、元代画家黄子久的《富春山居图》和郁达夫的《钓台的春昼》等名作有关。由此可见，黄裳拟命名的《富春集》，乃是有着一种深深的文人寄托在其中的。想来若有有心人再编选其游记文选，何不就用此书名呢？

二〇一六年九月六日

榆下风景

　　离京回家，看到一张去年的《文汇报》，恰好展开的那面是该报的《笔会》副刊，其中刊有散文家黄裳的文章《永玉的来访》，翻译家陆谷孙的文章《"本人属二流"》，还有学者郑培凯的文章《失落的墨宝》，都是好文章。或许是去岁在家看完这张报纸，便随手放在了一旁。于是，又将这几篇文章重新读了一遍，依然感觉甚佳，特别是黄裳追记老友黄永玉的来访，真有宝刀未老、神采依旧的感觉，其中他写两个老友见面的情景，颇为传神。那是巴金故居开放后的第二天，黄永玉带着女儿黑妮来访，一行四众，让黄裳家的客厅顿时热闹了起来，"几只相机，咔嚓响成一片，就在这喧闹中，两个老头见面，紧紧握手，没有拥抱，彼此端详"。黄裳说那天他看黄永玉比七八年前见面时，行动有些迟缓，有闲庭信步意味；而黄永玉对他的评价则是，"除了耳聋之外，一切和往常一样，精神好极！"他知道这两句话里掺了不少水分，但还是很高兴。

　　黄裳的文章作于二〇一一年十二月五日，《文汇报》二〇一一年十二月十二日便刊发了，我查阅了巴金故居开放的时间，推算黄永玉来访的时间是二〇一一年十二月二日，由此可见当时的笔健与神旺。那日他们还谈到了汪曾祺，他请黄永玉也写写这个他们共同的朋友。说来也巧，我在书房里整理杂物，恰好看到去年安徽作家苏北寄来的一册散文集《那年秋夜》，因为久未回家，所以寄赠文集的包装还没有拆封。恰巧无事，便拿来翻阅，于是发现其中有一篇文章为《沪上访黄裳记》，便先读了一遍。苏北是散文作家，也是不折不扣的"汪迷"，二〇〇九年在上海出版了关于汪曾祺的著作《一汪情深》，序言乃是黄裳所写。苏北的这篇文章便是他的这本著作出版后，曾在《文汇读书周报》一位编辑朋友的引荐下，前往上海陕西南路陕南村的黄裳家中拜访的经过。因为汪曾祺，让苏北有了一个下午的时间能够与黄裳肩并肩的谈话机会。黄裳很念旧。

　　作为旧派文人，有好友来访，有好书相伴，也有好文章发表，黄裳暮年自娱，不算寂寞。或许是看望自己心仪的作家，苏北将他拜访黄裳的整个过程都如实记录了下来。我印象很深的是他写到黄裳晚年的居所，他说老人的住所是陕西南路陕南村的一个院子里的小洋楼，透露着一股老上海的陈旧气息。而门前的一棵老榆树，枝繁叶茂，浓荫婆娑，院中的蔷薇和月季，开着大大小小的花儿。黄裳家的客厅大约有三十平方米，正对着沙发是一只老式的书橱，里面高高低低放满了书，其中有《鲁迅全集》《郁达夫全集》《钱锺书散文》《沈从文小说选》等著作，书橱的上面则是黄裳自己的一些著作。而书橱的顶端则是明代画家沈周的一幅绘画，大约是一枝枇杷，六七片深绿色的枝叶，四五枚杏黄的果实。客厅的墙上还挂着一幅沈尹默的条幅，所书内容乃是宋代诗人陈与义的《中牟道中》两首。沙发的后面，则是一溜明窗，窗台上摆放着几盆兰草和美人蕉。

偶然读了这两篇与黄裳有关的文章，其实也并非偶然，原因乃是我对黄裳文章的关注和喜爱，以至于爱屋及乌，也关心起与他相关的事情来了。我自己虽然谈不上是资深的"黄迷"，但黄裳的著作，能够搜集到的也都曾买来阅读，舍下所藏，也可以排上半个书橱了。而我对黄裳的关注，由此也渐渐地多了起来，知道先生是一九一九年生人，原名容鼎昌，早年在天津南开中学读书，一九四〇年考入上海交通大学机电系，为的是实现父亲"实业救国"的夙愿。但黄裳喜好写作，后来做了大半生的报馆记者，又以散文家成名。他平生所写游记、书话、题跋，以及有关怀人叙旧的文章，而且愈到晚岁，也愈显老辣。我也特别羡慕先生的雅趣，尤其是他对旧书古籍与版本的喜爱和熟稔，多年持之以恒的搜集、购买、珍藏，可谓蔚为大观，而他又利用这些书籍，写成了许多识见与文采皆佳的好文章，尤其是在不少旧籍上题写的题跋，文短情长，秀雅迷人。

由此，我对黄裳从心底有了敬慕之感，心想有机会能够向先生登门请教，也领略一下那榆树下不变的读书风景。但没想到，自己刚回到北京，一接触信息，便得知了先生九月六日在上海瑞金医院去世的消息，真有些愕然。纪念一位写作者，在我看来，最好的办法莫过于重温那些曾经读过的著作，但由于手边一时没有先生的著作，倒也想起不久前自己刚从孔夫子旧书网上买到的一册由中华书局一九八〇年出版的《学林漫录》初集，其中刊有黄裳的旧文《关于柳如是》。《关于柳如是》也是黄裳的名文，我早就粗读过，此文作于一九七七年，文末注明是"丁巳小雪前四日写毕"，读来颇有苍茫之感。此时乃是"文革"刚息，黄裳利用自己"劫余丛杂中捡得手抄数叶"，写成此文。据说此文一出，颇得好评，而黄裳自己也在来年所写的后记中与陈寅恪的《柳如是别传》相通款曲。黄裳笔下的文字，泼辣大胆，爱憎分明。

　　起初我购买这小薄册子，全因封面题签乃是钱锺书先生。但令我大感意外的是，这册网上买来的旧书，曾被人用铅笔写下了许多细密又别致的批注。看笔迹，颇为苍劲有力。目录上的周振甫、黄裳、金性尧和舒芜几人的文章名前，各有一个三角符号，想来大约是值得阅读的意思，而在黄裳的文章《关于柳如是》之后，还写了"极好！"这样的批注。在《关于柳如是》这篇文章的内文题目旁，又有这样的批注："老一辈学问丰富，虽一文，才何逮也。2001.8.27"看得出来，这位书友对于黄裳的文章，乃是发自内心的赞叹的。此文的内文还有详细笔记，我重读此文，仿佛多了一个细心又博学的向导，诸如写钱牧斋死后的"钱氏家变"，柳如是以死明志，黄裳写道："她最后扫了这帮吃得酒臭喷人的家伙们一眼，上了楼，关好门，一根绳子吊死了。"这位书友在"扫"字下面画了一

个重重的三角符号，又在旁边批注了两句话，其一为"女
儿看轻家财"，另一句为"应有一出戏专讲此事"。真是美
好。要是先生能看到这批注，该会是多么的高兴。

二〇一二年九月

「黄跋」的故事

——黄裳的一次笔仗

　　黄裳作为藏书家，生前为很多自藏的古籍写过书跋，并先后以《来燕榭读书记》《来燕榭书跋》《前尘梦影新录》《梦雨斋读书记》《劫余古艳》等名结集出版，在读者中享有盛誉。近来翻读藏书家韦力的新书《上书房行走》，其中谈到因黄裳所写的"书跋"而引起的一段争议。虽是别开新枝，却也颇有意味。关于黄裳书跋所引起的争议，韦力是参与者之一。在这册《上书房行走》中，韦力借谈齐鲁出版社老编辑周晶先生的书房从而引出了这段往事。原来韦力曾热心操持过一段时间的《藏书家》杂志，并聘周晶担任编辑。这位周先生交际甚广，不但与陕西师范大学任教的藏书家黄永年熟悉，而且与上海藏书家黄裳更为熟悉，故而均曾向两位作者约稿。《藏书家》在韦力的主持下，几乎每期都会刊发黄裳的文章，这引起了黄永年的不满，倪墨炎谈黄裳题跋的《藏书家题跋中的风格》一文尤令其反感，于是作文《读〈藏书家〉第一辑后跟着说几句》。收到黄永年的这篇批驳文章后，这位周晶先生认为刊发在《藏书家》上不太合适，于是就转给了《中国典籍与文化》杂志。虽然黄永年对于这个做法很不满意，但也只能如此。

略感遗憾的是，韦力在书中重点谈周晶作为编辑的敬业和机智，对于两位黄先生的争论却未细谈。手边恰有一册中华书局出版的《黄永年先生编年辑事》，由黄先生的弟子曹旅宁编撰。此书收录资料较为丰富，颇可观，故而可窥得事情原委。一九九九年九月十七日，黄永年在读了倪墨炎谈黄裳题跋的文章后，写了《读〈藏书家〉第一辑后跟着说几句》，文中有如此一段："倪墨炎先生的《藏书家题跋中的风格》中说黄裳的题跋，学界称之为'黄跋'。这是我前所未闻的。因为旧书业和藏书家所称的'黄跋'，是指清代大名人黄丕烈给旧书业所写题跋而言。也许这另一个'黄跋'是这位黄裳先生周围友好所奉上的雅称？至少很难说在学界已经通行，而且旧书店也未因书上有黄裳题跋而增特价。"这篇文章言辞可谓很不客气的，表面上是在批评倪墨炎，但矛头显然则是针对黄裳的。黄裳自己在《梦雨斋读书记》的序言中有一段答复，虽然很客气，但也颇有底气："三十年后，有朋友说起拙文，戏称之为'黄跋'，不料竟引起了一位'藏书家'的'义愤'，认为比拟不伦。其实用不着'义愤'，论藏书时代、藏书品质、藏书趣味，二者相去，何止霄壤，以时代风习而论，黄荛圃重视的是宋板元钞，对明代浙东天一阁几乎就不着一字。"

其实，黄永年对于黄裳的评议，还不止这一例。早在此前的一九九七年六月十五日，黄永年便曾写过一篇《记传薪书店》，开篇如此写道："在一九九三年《书城》杂志第二期上看过黄裳的《记徐绍樵》，认为写得很好，希望能写下去。"这明显就是长辈鼓励晚辈的口气，以黄裳的个性，未必会领情。在文末又写道："和徐绍樵打交道的事情，就想起这些。此外有件可说的事情，即我在传薪以及别的书店里始终未和黄裳先生碰上过，这也可说是无缘吧！当然我更不会去妄攀同宗，因为我知道'黄裳'只是他的笔名，他尊姓容，应称容先生而不能曰黄先生也。"这段话大有意味，其一说明黄裳作为藏书家的名气已经很大了，虽然与黄永年未曾交际，但已引起了后者的特别关注；其二则是黄永年特别强调黄裳原姓容，藏书界应该称其为容先生才对。倪墨炎称黄裳所作书跋为"黄跋"，在黄永年看来，这既是对前辈黄丕烈的不恭，也是对传统文化的不敬。由此也可见，黄永年最初对于黄裳的态度，也是比较复杂的。作为专业领域的权威，对于黄裳可谓既有肯定，也似乎有意地保留了一定的距离。而黄裳似乎也并未对这篇文章做出回应。

曹旅宁的《黄永年先生编年辑事》还录有两份资料，可见黄永年对于黄裳的态度，乃是在批评"黄跋"之后，愈见不客气。二〇〇二年十月出版的《藏书家》第六辑，刊有黄永年的一篇《我怎样学会了鉴别古籍版本》，其中又一次以权威专家的口吻批评了黄裳的题跋。黄永年在此文中强调，题跋不一定要写在书上，"一定要写在书上，也只能写在前后空白页即所谓的看叶、护页上。有位藏书的也略有名气，可老是喜欢写在正文或目录之后，文词书法也未必能登大雅，他把书卖出后，人家买了要去掉都没有办法，除非忍痛把书页割掉一块。此君还有个毛病，即为了收藏名人的藏书印记，在卖出前用刀片将书上的名人藏书印割下来，我当年在上海就见到好些白棉纸明版书惨遭此劫，这就更为正派的人所不取"。黄裳此举，暂不做他论。不过，黄裳后来对此似也未见有直接回应。需要说明的是，黄永年的这篇文章虽没有点出名姓，但曹旅宁以资料录之，足见矛头所向了。

另一件事情，则是黄永年的儿子黄寿成在《父亲黄永年的书缘》中写到的一件事情。二十世纪八九十年代黄永年在上海古籍书店购得《三家诗》，系清人卓尔堪编的曹魏曹子建、晋陶渊明、南朝宋谢灵运三人的合集，乃康熙年间刻本，属于稀见的古籍，《中国古籍善本总目》著录共有十部，分藏于国家图书馆、上海图书馆等十家图书馆。黄永年看到此书后，立即买下，工作人员则对他们父子说，沪上一位著名的老藏书家曾来看过这部书。过了一周之后，他们因故又去书店。此位工作人员说，那位老藏家在黄永年买走《三家诗》后不久来买这部书，工作人员说已卖掉了，老藏家忙问："谁买走的？"工作人员说："黄永年先生买走的。"黄永年的儿子黄寿成接着写道："那位老藏家一声不响地走了。父亲说到这里颇为得意地哈哈笑了，对我说：'他知道这部《三家诗》到了我手里他是搞不到手的了。'"这段访书细节写得可谓惟妙惟肖，作者似乎为了表彰其父黄永年的见识远在黄裳之上。其实对于藏书家来说，这种事情乃是常事，也未必能说明什么。

　　黄裳文名很大，古籍收藏颇丰，精于明清版本。此公火气甚大，曾与数位文人学者打过笔仗，即使晚年也"战火"纷飞。黄裳在晚年所作的文章中就曾以笔头"仍不失少年凌厉之气"而得意。(《答董桥》)按说以黄裳的性情，对于这位在陕西师范大学任教的古籍版本目录学家的嬉笑怒骂该是尽力反击才对，然而依照现有的资料来看，黄裳除了在一篇序言中不点名地回应之外，基本对其言论保持了沉默与克制。其中原因，不好猜测。但有一点可以得知，黄永年虽多次刊文，皆是不点名批评，不能说是含沙射影，但若奋起反击，也是自讨没趣的事情。以黄裳的精明，这应是其唯一没有穷追到底的笔战。这样看来，这件学界公案少人所知，最终也只不过是小圈子内的一种茶杯里的风波罢了。有趣的是，《黄永年先生编年辑事》中还写到这样一件事情，二〇〇八年此书的编撰者曹旅宁访问他的学长辛德勇，旧事重提，谈到了作为藏书家的黄裳。辛德勇明确告诉同出一门的学弟曹旅宁："黄裳对于明清史事还是在行的。文人（自学成才者）与教授（科班正途）之间总有些互相看不起，不独黄裳，巴金也如此。"

　　辛德勇的这段评论，首先承认了黄裳的成绩，乃是在明清方面的功力，这个黄裳自己在答复中也提及黄丕烈不曾涉猎明清；其次则是指出了他认为的问题根源，乃便是自学成才的文人与科班正途的教授之间"互相看不起"。我甚至由此进一步猜测，对于黄裳在学界和文坛上享有的文名，黄永年则是多少有些"义愤"的，但又不好直接来表达。走笔至此，大体讲清了黄永年对于黄裳的态度，而相比其师，作为弟子的辛德勇则还是比较通达的。但有一个问题还需要强调的是，对于自己的定位，黄裳也还是比较清醒的，他始终首先把自己看作散文家，算是文苑中人，而并非专门研究藏书版本的学问家。在《梦雨斋读书记》的序言中，黄裳就针对黄永年的批评，在引用了两段所作书跋之后，言及了这样的一段郑重其事的自辩："跋中所记得书经过、书坊情状、板刻纸墨、个人感慨，有如日记，与旧时藏书家的著作，颇异其趣，其实只不过是另一种散文而已。"作为文人的黄裳，甚至包括谈黄裳题跋的倪墨炎，虽都喜好学问之事，但难免都是会有一些文人的趣味和性情，其中的情趣，则不好以学术的眼光来予以审视。

相比黄永年，作为弟子的辛德勇则是很能体会黄裳的文章风情的。虽然辛德勇并未就黄裳专门作文章或者发表过意见，但就我所读过他的日记长文《大东购书漫记》，也是可以探察一二的。此文系辛德勇二〇〇二年底到二〇〇三年初赴日本进行学术交流所作的购书日记，后来稍加整理便发表了，故而多有性情流露之处。此文中所记其购日本旧书我多不熟悉，但在二〇〇二年十一月二十六日的日记中，写他在东京神田旧书店区的山本书店购得一册《书籍的乐园》，此书系日本藏书家和书脊鉴赏家庄司浅水所写的一册书话集。辛先生对于这位庄司浅水显然很感兴趣，他还非常中意其一册名为《奇书·珍本·书盡》的书话集。我虽然对于这位庄司浅水从未耳闻，但辛先生下面的这番介绍令我颇感兴趣："庄司浅水文笔很舒展，文章写得很随意，在这一点上，与中国的黄裳多少有些相似。"黄裳先生我自然是熟悉的，经辛先生这么一比较，我立即对于这位庄司浅水先生有了大抵的认识。但辛先生笔锋一转，接着写道："不同的是，黄裳只懂中国古书，而庄司浅水则西文很好，古、今、东、西，见多识广。因为知识庞杂，写起来左右逢源。"

辛德勇因喜欢庄司浅水的书话文章，故而在日本旧书店搜罗多册，视为珍爱，但他也只是将这些著作作为消遣的闲书来对待，而并非用来学术研究的参考著作。与辛德勇的态度有所相似的，则要算是藏书家韦力了。在《上书房行走》一书中，韦力写到黄永年曾打电话责备韦力为何要每期刊发黄裳的书跋文章，后者委婉地说，因为黄裳有大批的粉丝，只要有他的文章在，刊物就能畅销。对此，黄永年的意见是《藏书家》哪期若刊出黄裳的文章，就不要刊登他的文章。即使如此，韦力对于两位老先生还是一视同仁，且也有他很是独到的见识："当代藏书界，论资历水平，'二黄'都是最高端。这'二黄'指的就是以下两位老先生，一位是黄永年先生，一位是黄裳先生，他们两人代表了两种藏书情趣。永年先生是著名的学者，他的藏书着眼点主要是传统的正经正史，强调学术的正统性；而黄裳先生则是文人，他的藏书讲究的是情趣，看重的是纸白墨黑。另外，这两位大佬的气质完全不同，依我的看法，他们两人就如同戴震和姚鼐，虽然这么形容两位老先生并不恰当，但我觉得这么说会比较形象，两位黄先生的确很难融洽。"

二〇一七年七月二十二日

谷林的晚岁上娱

　　谷林退休后，一度成为《读书》杂志的义务校对，这是因为他在历史博物馆工作期间，一项重要的任务就是整理和校对数百万字的《郑孝胥日记》手稿，由此打下了坚实的编辑和校对之功。其时，《读书》杂志初创，爱读书的谷林于是也就在退休之后和校对之余，可以顺便给杂志写点小文章作为补白之用。到一九八八年，这些文章也慢慢地积累了七八万字，于是在生活·读书·新知三联书店出版的"读书文丛"中收录了谷林的这些文字，并以《情趣·知识·襟怀》为名面世。这套文丛的作者，全是当今赫赫有名的文人学者，诸如黄裳、金克木、董桥等，而谷林这个名字，对于大多数读者来说显得有些陌生。但这并不要紧，谷林的读书文章毕竟还是露面了，之后的文章也还是一如既往的"惜墨如金"，慢慢写来。到一九九五年，他终于又出版了第二本文集《书边杂写》，还是小册子，十五万字左右。相隔七年，每年才平均两万字的写作量。

关于谷林的这册《书边杂写》，也有一些闲话。此书列入辽宁教育出版社出版的"书趣文丛"第一辑，由脉望总策划，在读书界至今享有盛誉。第一辑的作者名单列有施蛰存、金克木、唐振常、辛丰年、董乐山、金耀基、朱维铮等著作等身的学者文人，唯有谷林之前仅出版过一册八万字的读书小品文集《情趣·知识·襟怀》，因此显得同样有些不令人注目。但文章并不以大小和多少来论，学者止庵在偶然阅读了谷林的《书边杂写》后，对此书极为惊叹和佩服。一九九六年一月，止庵写了关于《书边杂写》的评论《慢慢读来》。在这篇文章的最后，他这样评价谷林老人："回想这一二十年间的中国文章，一个总的趋向是谁都越来越喜欢说自己的话了，这自然是好事，但也就不免有粗率的流弊。大家都精致不可能，大家都不精致是很容易的。这时候竟然还有一位真正有文化的老人这么细致、这么讲究地写他的小品文字，《书边杂写》要算是我读到的最具文体之美的一本新书了。"这一番评说，对读书一向挑剔的止庵来说，简直少见。

先生去世后，止庵收集其散落的稿件，汇编成为《上水船甲集》和《上水船乙集》两册。在此书的编后记中，止庵有这样的一番论述："先生逝世后，不止一位读者要我编一部《谷林集》。我想凡事先难后易，把集外文编得了，将来与作者生前出版的《情趣·知识·襟怀》《书边杂写》《淡墨痕》（删去插图）、《答客问》（删去附录二、三）和《书简三叠》合在一起，就是《谷林集》了。"几乎与此同时，南京《开卷》杂志主编董宁文先生编选《谷林书简》，其中也收录了先生致止庵的书信十六通，以区别曾经在《书简三叠》中所收录的其他信件。这册书信集总共收集和遴选了二百八十七封书信，诸如先生与张阿泉、张际会、李传新、刘经富、荆时光、黄成勇、董宁文、谭宗远等诸多读书人的书信，大多都在十封以上，而与黄成勇的书信，竟达四十五封之多。由此想到，先前的《书简三叠》本先由湖北的黄成勇提议并编选成书。黄成勇曾编辑一张隶属十堰新华书店的内部报纸《书友》，特意为先生开辟专栏"谷林书翰"，用于发表先生的文字，而此报也最为先生所青睐，成为晚年唯一的一张固定供稿的报纸。

　　我无意在这篇文章中去做一些牛角尖式的考证，倒是觉得谷林在今天为众多的书友所热爱，恰恰是诸多友朋共同努力的结果。再读《谷林书简》，也正好印证了我对先生的印象，那就是永远的谦卑与真诚，对于每一位热心的书友都显示出极大的耐心和情感。我读这些书信，几乎篇篇都可算佳作，无论是文字境界还是议论话题，都堪称精致与通达，读来颇受启发。恰恰是与这么多书友的鱼雁往来，也才为先生晚年的岁月增添了许多的温暖和热闹。在先生给湖北书友李传新的书信中，有这样一段颇为耐人寻味又极富感情的文字，很能见识到先生在晚岁里的精神境界来："成勇是首名给予我来自读者中的鼓舞，我本非作家，学历也浅，从商业职业中学出来，当了大半辈子的会计，在社会上毫无名声，正是十堰的《书友》热情捧场，正是成勇的热情和你们十堰群体对我的恳切厚爱，我于是渐被所谓'免费赠阅内报'的主持人所留意，例如大报型的《清泉》、薄本子的《开卷》等，都结成了有来有往的书友，使我在垂暮之年不仅不觉得寂寞，倒显得以前的青春年少时节的光色也不一定无从攀比的了。"

由此看来，对于谷林晚年的这番自况，其中也是存在着一种深深地感恩在其中的，这也便不难理解先生为何对于每一位读者都是敬重和爱惜的态度，因为其中是有着一种深深的心灵呼应存在的。可见他心中是有着清醒与宁静的，这是很难得的事情了。但毕竟有些遗憾的是，数年前我才在北京鲁迅博物馆的书店里买到一套辽宁教育出版社的"书趣文丛"，但独独喜欢先生的一册《书边杂写》，反复阅读和品味数遍，竟成为床边常翻的读物之一。后来陆续购得先生的几册其他著述，一一读过，深深地被先生文字中的优雅精致和谦淡细密所打动，这些短小精美的读书文章既不承担救亡图存的大任，又不履行学术与启蒙的探索使命，也没有名利双收的利益驱动，它更多的只是一个人通过读书对于光阴的消磨，因此他的这些文章没有野心，没有指向，没有私念，显得十分单纯与清澈。也更如此，先生的读书文字产出很少，随性而作，细细打磨，精益求精，最终几乎篇篇也都成为当下读书文章的上乘佳作。待我读先生的这些读书文字时，才发觉这些文字几乎都是以艺术与智慧的角度来出发的，从而显得十分优雅高贵又是难得的别致与机巧，与时下几乎泛滥的书话文章相比，先生的读书文字有着独一无二的可贵品质。正是因此，我深深感觉到自己与先生在内心中有着一种气味相通之处，虽不能至，心向往之。

我曾偶然在网上的布衣书局论坛中，看到一位书友张贴的几张关于先生藏书的照片，其中有一册先生所藏湖南文艺出版社的《沈从文散文选》，上面有着密密麻麻的校订，在书旁的空白之处还有先生用蓝色的钢笔墨迹写下的读书心得和相关资料索引，那些字迹清雅刚健，处处都流露出一个读书人的慧心与优雅。据那位张贴照片的网友谈及，这册著作中的校订系先生与另一册部分内容相同的《湘行集》的对比，而后者系张兆和在沈从文去世后，根据沈先生修订的遗稿编辑而成的，最终列入由湖南岳麓书社出版的《沈从文别集》之中。我记得先生在《书边杂写》中有《湘西一种凄馨意》一文，其中就有对比两个版本的异同，于是查书对照，果然竟有这样和他的那些"书边杂写"相呼应的细致论述："我逐字逐句校读了首篇《一个戴水獭皮帽子的朋友》，发现《别集》改动了近七十处，如文中第一句，《文选》本作'我由武陵（常德）过桃源时，坐在一辆黄色新式公共汽车上'，《别集》改作'我由武陵（常德）过桃源时，坐在一辆新式黄色公共汽车上'。"

先生的这种读书方法，在《谷林书简》中，他就不止一次地给几位书友们写信谈及，我总结其一便是慢，其二便是细，其三便是不怕麻烦。尽管是读一本闲书，或是写一篇不涉大局的读书文字，但所下的功夫，却是极为笨拙的，诸如此类的文章在先生的读书著述中还有很多。由此想来，先生于《读书》杂志创刊后应约进行义务校对，偶尔写成读书文字作为该刊的补白开始，到二〇〇九年初弃笔离世，此类文章大约写就的应不足五十万字，平均一年最多也就是一到两万字的数量。在二〇〇三年五月十九日写给南京董宁文的书信中，附录有他的一则个人简介，概略述及自己的生平和个人著述，在这简介的末尾，先生特意加上了这样一句对于个人著述似闲而非闲的自我评价："这都是一些业余闲览的小札，却通过它们结交了很多书友，构建了'晚岁上娱'的退休生涯。"

二〇一三年一月

发潜德之幽光

广东沈胜衣君是谷林的忘年交，先生驾鹤西去后，沈君终于编成了用来纪念先生的散文佳作选集《觉有情》，副题为《谷林文萃》。我翻阅这册集子中的文章，并对所议论的书籍做了一个小小的统计，竟有如下的发现，其中与周作人有关的文章十篇，与胡适有关的文章五篇，与张中行有关的文章三篇，与沈从文有关的文章两篇，其他有一篇文章议论的则有鲁迅、陈寅恪、吴宓、冯友兰、梁漱溟、聂绀弩、俞平伯、朱光潜、冰心、黄裳、陈原等多人。且看谷林文章中议论的这些名单，便可知先生读书的境界乃是高格不俗的。也可见先生对于文章的欣赏，最钟情的还是知堂一家。先生读书最善于在细微之处发现不同寻常之处，且常有洞幽烛微的新见。诸如议论周作人，他在《等闲变却故人心》一文中谈道，周作人作文《元旦的刺客》追忆自己曾被刺杀的一幕，当时在座的弟子沈启无对刺客有言："我是客。"这本是周作人文章中极不起眼的一句话，但谷林读后却以为"三字大堪咀嚼"，并细加分析，且认为"此际急不择言，最能显露本性之真"，又进而指出以后周氏"破门"逐出沈启无"或已伏笔于此"。

谷林的文章优雅、沉厚、绵密，又有一种温润宽厚的文人古风。他的不少文章既是充满慧心识见的读书笔记，也是一篇篇精致优雅的书话散文。这些与读书有关的文章，时常从自己阅读的体验出发，一点也不回避个人的真实感受，于是往往是随感、赏析、评论与记忆互相交织，读来令人亲切。诸如文章《曾在我家》，便是谈他早年搜求周作人散文集子的经过，也有他与周作人交往的记忆，但其中还闪烁着对于文学，对于文人，对于书籍，以及对于文章和版本的一些十分难得的见识，而这篇文章之美，也尽现了知堂文章苦涩冲淡的韵味。更为可贵的是，我读这些文字中夹杂着的记忆，却一点也没有发现炫耀和自得的心理，反而是一种极为平淡，甚至是带有着淡淡哀伤、隐忍乃至卑微的口吻。他在文章《煮豆撒微盐》中写到了自己极为追慕知堂老人的一种写作境界，便若是"煮豆微撒以盐而给人吃之"，在于写作一事来说，也便是"唯留二三佳作，使今人读之欣然有同感，斯已足矣，今人所留赠后人者亦止此，此均是豆也"。

尽管谷林文章有我上述的诸多好处，但我以为先生文字之所以难得，更关键还在于他的文章中的见识。文章难在有独立的见识，更难在做到见识的通达。谷林的文章看似碎小，却没有旧时文人的自怜自得遗风，更没有那种革命年代所沾染的阶级痕迹。我以为这是他最为可贵的地方。诸如文章《独为神州惜大儒》一篇，便是他读《陈寅恪与吴宓》一书的读后感，其中有吴宓一九七一年写给"广州国立中山大学革命委员会"询问陈寅恪的一封信。随后陈寅恪寄有吴宓两封回信，但此书作者说她是后来在香港的《明报》月刊上读到《跋新发现的陈寅恪晚年的两封信》一文才得以采入书中的。此书的作者系吴宓的女儿吴学昭，谷林为此引用了作者的这样一段话："这两封信竟被西南师范学院一位自称吴宓'晚年弟子'的人据为己有，'寄赠'给了美国耶鲁大学历史系教授余英时，余又把两信原件'转赠'给美国普林斯顿大学的葛思特东方图书馆。这不能不使人感到遗憾。"引完此段话，谷林另起一行这样写道："然而，莫不也该当额手庆幸？"这是为何，后面他接着写到了陈寅恪在"文革"中荡然无存的信件、自编年谱和诗集手稿等，并叹息："凡此种种，若悉由多情的'弟子'一以捡寄海外，终存天壤，岂非大幸！"

文章《往事回忆存史料》也是很见功力的精彩篇章。此文系他读千家驹的一册小书《忆师友》后所作，其中收有一篇文章为《论胡适》。谷林在文章中简要叙述了这篇文章中千家驹回忆与胡适交往的旧事，因为作为左翼知识青年的千家驹尽管与胡适的立场截然相反，但却得到了胡适的悉心关爱和提携，为此谷林细细分析了千家驹在这篇《论胡适》中流露出的态度，可谓一唱三叹，曲径通幽，道尽了千家驹复杂与细腻的"心曲"。而正因如此，他才这样评价胡适，乃是："这里写出胡适对一个并不很驯顺的学生的态度，写出他的识见和胸襟。"再看他评论千家驹："作者也依旧走自己的路，并以'所立卓尔'的行藏酬答了春风时雨的师谊。"接着看他阐述两人的关系，乃又是："尊重知识，尊重人才，尊重独立思考，尊重宽容精神，这些都融合在琐琐碎碎的揖让进退之中。"再看他如何评说千家驹的这篇文章："纯属个人私事，而读来醺醺有味，觉得亲切，自然更要使身受者终身（生）难忘了。"对于一篇文章，谷林在一个段落里逐一进行了细腻妥帖的评说，但还没有完，文章结尾，他又这样写道："理论需要勇气，说出真话也需要勇气。读到有价值的回忆录常使人受到鼓舞，即使压抑已久，一朝倾泻仍具有冲决网罗的力量，终将唤起更多无所畏惧的新人，共同创造宽容和谐的探索真理的良好环境。"

还有文章《共命与长生》，写到了朱光潜的一件往事。朱先生晚年曾让一位到其单位联系工作的年轻人任意在他的书架上选几册自己看中的书籍，年轻人也许不好意思，不肯下手，他便自己抽下来两本书要求这位年轻人带走，一部是《红楼梦》，一部是《西游记》，而这两册书都是特装本，书顶和书口均刷了金粉。谷林对此叹道："朱先生果真懂得'美'。"又写道："谁都要或早或晚不先不后被纳入'遣送'名单的。'诚知此恨人人有'，把深爱的分散给也能爱的人们，使所爱的及时得所，岂非便是长生？"此处可见谷林对于书籍的态度，也见其对待人生的境界。在这本书的附录中，有谷林写给沈胜衣的几封书信，其中一则便是写其愈到晚岁便愈有把珍藏书籍分赠几位同好的念想，诸如扬之水，他便曾送去《古今》的合订本和《两汉书》的补注本，而我由此又记得先生去世后，扬之水还曾写过一篇纪念文章，名为《今在我家》，其中记叙了先生赠送她的十一种周作人极为珍贵的文集。十分值得注意的是，扬之水获赠这些书的时间是一九九五年二月十三日，而先生写作《曾在我家》这篇文章是一九九二年一月二十二日。彼时，那十一册他所珍爱的知堂集子还尚在家中架上，但他已决心用"曾在我家"来表达自己对于"所爱"的态度了。

二〇一五年一月十一日

如面谈

今年春天，颇有几分无书可读的感觉。无书可读并不是好书都读完了，而是一时难以找到感兴趣又适合闲余来读的书。后来重温了谷林先生的《书简三叠》，竟颇有兴味。此册书信集子由止庵编选，内容为谷林写给扬之水、止庵和沈胜衣三人的书信。对于爱书人来说，此书的编选是颇为得法的，其一是编选体例上，编者并不来者皆收，只集中收谷林致以上三人的信函，但此二人也不全收，而是各有删汰，虽未读到被剔除的信件，但就保留而言，皆系如文章一样佳构；其二是版式也好，全书用竖长十六开版式，字体细密，间距也较为紧凑，由此可使内容在较少篇幅内予以布局展示，从而更好感受作文的章法与妙处；其三，乃是此书的装帧设计也较为妥帖，每页纸张印有淡淡的花草、假山之类点缀，加之纸张淡黄，颇似旧时的信笺一样。关于此书的缘起，读后可知最早系湖北的一家名为《书友》的内部报纸请谷林提供读书文章，后来恐系难以为继，也便遴选了一些给朋友的书信供报纸使用，大约是颇受欢迎，故而有了后来的专栏"谷林信翰"。也由此，报纸的主事者黄成勇起念编选一册《谷林书信集》，后由止庵接手编订。我的这册集子购于国家图书馆内的一家书店，仅为半价，书后有书店的印章，但今已漫漶无法辨识。

我喜读谷林的著作，但以为他的几册文集，最耐读的恐怕还要算是收入辽宁教育出版社"书趣文丛"中的一册《书边杂写》，其余我以为则要首推这册《书简三叠》。《书边杂写》系谷林的读书随笔文章的结集，乃是公开发表文章的作法和路数，也有拘谨和照顾周全的意思；而《书简三叠》因系写给朋友的书信，则要显得活泼多姿一些，其中也更能见作者的性情和可爱之处。诸如关于文章的写法，谷林就很是不赞同为文"抒情"的过度。在给止庵的信中，他就曾议论起当时热销的著作《陈寅恪的最后二十年》，便有此番议论："总觉得作者过于年轻，笔锋太富感情，每一段落几乎皆以咏叹调作结，读者遂只剩得同声一哭，不克回环咀嚼矣。"而对于自己欣赏和喜爱的著作，他也从不掩饰个人喜好。在收到止庵编选的《杨绛散文选集》后，他忆起自己读杨绛的感受："我第一次见到那本薄薄的'孟婆茶'，读完全书，一丝也没有悲凉苍茫之感，对书名所含情味，也毫无警觉。可是后来有一天重翻此书，对着封面，忽然发呆了，捧着书卷，入境似地默坐了好一阵。"他甚至还在信中如此写道："我向来以为杨先生的文笔比钱先生蕴藉雅洁。"

近代以来的文苑之中，谷林最喜欢周作人，其次他还

提到鲁迅、沈从文、俞平伯、杨绛、黄裳、汪曾祺、孙犁
等多位，均也是欣赏和喜爱的。关于周作人，他在书信中
谈得最多，其中既是谦虚的，也是颇有经验和见识的。在
给止庵的信中便谈道："以苦雨老人的冲淡说来，纵其五
十自寿诗，鲁迅也同意曹聚仁的看法，以为其中有忧世之
意，只是太隐微了而已。早年朱孟尝云：以出世的心情，
做入世的事业，窃以为文心当如此也。"在给沈胜衣的信
中，又有此论："近得一位朋友来信，告知堂《风雨谈·
读戒律》一文，已引述过杨枝齿木一事，这是我早已读过
的（或不止读过一遍），却于读梁实秋时骤惊乍见，盖梁
文粗浅易读，而知堂深厚，每读不觉顾此失彼。此翁暮年
沉沦，我对此也仍存哀矜，左翼作家一向责备他闲适，我
每感其有一片悯世的婆心而并非独乐其乐者。我大概是在
十六岁前后开始读《自己的园地》《雨天的书》的，读了十
年，才更喜欢《看云》《瓜豆》，抵京以后始见其陷敌时所
出书，颇致疑于其被斥为汉奸文学，自恨沉溺之深，迄为
提高觉悟。"

　　《书简三叠》之中有很多都是谈关于书的事情，诸如与
扬之水谈编辑校订之事，与止庵谈知堂自编集的编选问题，
皆是有见识的，也很见其个人趣味的。而我最欣喜的是他
对于好书的真诚喜爱，又有对于时光流逝、年老体衰的淡
淡无奈，均跃然纸上，令人读来颇有情景交融的亲切之感。
诸如在给止庵的信中，他谈到买到锺叔河编选的《知堂书
话》的一番心情："十日前从东四二条'修齐治平'小书店
买到，灯下摩挲，欢喜无量，与前得的日记和诗全编堆在
一起，真如'一部二十四史不知从何处入手'，何时始能卒

业？而又心猿意马，见异思迁，这坏习惯再也改不掉，现在只能破罐子破摔了。"对于止庵赠送其校订的《周作人自编集》，谷林在给止庵的信中特别称赞了此套自编集的装帧和止庵为各集所撰写的前言文字："河北教育这次狠下了一番功夫，想能得到应得的荣誉，装帧是个创作，清雅之极，招人喜爱，定无异议。三十几篇'关于'，加上十来篇的译丛跋，亦可编为专集，足可抵一篇博士论文，大概并世无第二人矣。"后来止庵果然出版过一册《苦雨斋识小》，所收也便是谷林赞赏的这些序跋文字。

我读谷林先生，最大的遗憾是无缘与先生有一面之雅。记得我曾在报纸上刊发过一篇关于先生的文章，某次见到止庵、谢其章诸位，谢先生告诉我在落座之前，止庵已赞许那篇关于谷林的文字写得允妥。我其时本想乘机请止庵代为介绍，以便拜访和结识，但念及一切随缘，也便错失了良机。后来先生去世，我愈读其文章，愈觉得懊悔。而这册《书简三叠》的佳处，便是如见其人，如与其面谈一般，除去先生在作文和读书上的诸多心得之外，其谦逊、朴素、通达，皆如家人长辈一般。此册书信集中，颇有一些段落，读后令人倍增低回之情。诸如谷林与扬之水的交谊之情，在致沈胜衣的书信中，其中便有如此一段感慨："自与她相识，承其殷厚，如《杂写》小册，即系她一手促成，其时我住在北京医院等待胃肿瘤切除手术，此书出版，丽雅持之来院，实'书趣文丛'问世之第一种也。我躺在病床上，默无一言，想起徐调孚病逝前不久，中华书局同仁火急赶印其旧作《人间词话》注释，也是赶出来送到他的病床上的，古籍整理专刊上我读过中华书局同仁所写的纪念文章：徐调孚接过去，反复看，笑着说：真高兴，真高兴！丽雅又虑及我医药恐有急需，又为预支稿酬，另外并支给校对费。凡此我均未一言道谢，盖辞不能达意。"

书信不同于文章，故而所谈内容不必遮掩，因此文字往往更加性情，也更见其修养和识见。诸如此类所谈，书信中尚有多处，其中有一处可为佳话。在给沈胜衣的信中，谈及他读某期《读书》杂志，有文章《江河万里》谈水利学家黄万里。他说读了此文，便在最后一行文字处用红笔加了一个叠圈。原来一九九五年他在北京医院住院时，同屋有一位病人，枕侧放了一本《宋词三百首笺注》，而他入院时恰巧也带了此册著作，也置于枕底。面对此景，谷林说他不禁一笑，立即从枕底举出示之，由此才知道此人便是黄炎培的公子、清华大学教授黄万里。住院期间，谷林还获赠一册黄万里旧藏的《黄炎培诗集》，得录了黄先生在《治水吟草》中的旧诗数首，并在书末加题了赠诗一首："未识荆州偶遇知，相怜同病好论诗。先生早邃诸家学，与世忘时抚众儿。"黄万里曾极力反对三门峡工程，后被戴上了反苏反社会主义的帽子受苦达二十余年，他说与黄先生结交之时，正系其极力反对即将上马的三峡工程，但黄先生认为"三峡工程必然下马"，且信心极高。对此，谷林信中有一段话，使我颇有感怀："此事究竟如何，我们全属外行，插不上半句嘴，但愿这次黄老错了，而不致发生后患。"

二○一六年三月十六日

购谷林签名本记

　　年初，我在微信公众号"废纸帮"上看到一篇介绍谷林的文章，才从那篇文章中得知，谷林先生去世已经八周年了。文章刊发那日，也正是先生的忌日。想来这种推介，也正是读者对于自己喜爱的作者的一种特别纪念。我也是爱读谷林的，由此便想作一篇购读先生著述的文章。对于谷林这位作者，虽然喜读他的文章的人不在少数，但能知道其人的，毕竟还是数量有限的。谷林平生以会计为专业，曾在银行和工商单位工作多年，一九四九年后在新华书店总管理处任会计一职，但先生余时喜读文史书籍，尤爱现代文学著作。对于周作人的文章，先生更为青睐和痴迷。谷林作文之始，缘于晚年曾为《读书》杂志义务做过校对，因此也便为杂志写了一些补白文章，不料竟颇受好评。我读谷林著作，还是十多年前在鲁迅博物馆的鲁博书屋买到了一套辽宁教育出版社的"书趣文丛"，过年回家便带了其中的一册《书边杂写》，读后爱不释手，特别是文章中散发的严谨、精雅和谦淡，可谓深得我心。之后，乃是反复诵读，先生的几册著作，也都想方设法地全部收齐。

或许读书到一定的程度，就有认识一下作者的想法，我也是深有此意的。正如那句文人的特别嗜好，吃了鸡蛋，还想见识一下下蛋的母鸡。但我有个原则，便是不刻意为之，一切随缘。我有多位朋友与谷林先生都是熟悉的，但于我，却竟因这种固执，错过了。直到先生仙逝之后，才甚感一种怅然。之后，我便有一个小小心愿，那就是拥有一本留有先生手迹的著作，以做纪念。但我多次在以出售旧书的孔夫子网查询，也未见有先生的签名本待售。去年夏天我偶然加入了"废纸帮"的微信群，这是一个联络拍卖签名旧书的微信群。甚巧的是，我入群后遇到的第一个拍卖中，便有一册谷林先生的著作《书简三叠》的签名本，且是签赠给三联书店总编辑的著名出版家倪子明先生的，并钤有谷林先生的印章一枚。从品相来看，可谓佳矣。此一际遇，乃是天助也。然而，拍卖的那天晚上，我因有一件急事需要处理，便将一位朋友拉到了群里，委托他一定要帮我"拿下"这件签名本。但事与愿违，朋友和我很快均被群主踢出了这个微信群，而我也是后来才了解到，加入这个拍卖交流的微信群，是需要群主的邀请才可以的。

这次与谷林先生的签赠本失之交臂，让我有了一定要拥有先生签名本的更大决心。于是便常在网络旧书店上搜寻。功夫不负有心人。去年十月份，我发现有一册谷林先生的著作《答客问》的签名本出现了，且还是毛边本，

张阿泉◎问

谷 林◎答

答 客 问

止 庵◎编

东方出版社

谷林先生在《答客问》上的签名

售价也还不算离谱。唯一令我有些不放心的地方，乃是此书签赠给一位"佩秋妹"的，时间为"甲申岁暮"，也即二〇〇五年的年底。这位"佩秋女士"，我不熟悉，而赠书者也未署名，只钤了两枚印章。由于这两枚印章刻工精雅繁复，又限于对篆刻没有研究，故而均无法辨认。不过，仅从字迹来看，乃是清秀健雅，与我之前所见谷林笔迹对照，显系先生的笔迹无疑。但没有最终确认，贸然下单，还是觉得有些不太放心。为了确认此书确系谷林的签名本，我把其中两个印章发给几位研究篆刻的朋友，一位对篆刻颇有研究的朋友辨识其中一个为"杨"字，另一个则只能认识"草草"二字，而我的朋友对于这个"杨"字则是确认无疑的了。这令我有些失落，谷林原名劳祖德，怎么也与"杨"字无关呀。

但还是有些不想罢手，便在网上随意搜索，某次在百度上搜索"草草"和"谷林"二词，不料还真的发现了一个线索。广东东莞的沈胜衣在《羊城晚报》上发表过一篇文章《小寒大寒，书之暖意》，其中说他在二〇一〇年的大寒之日，接到了作家止庵从北京寄赠的《上水船甲集》和《上水船乙集》，系收录谷林先生集外文而成，扉页又请谷林的女儿取老人的遗物印章钤印，其中一个为"劳人草草"，另一个则是"从吾所好"，我再回头辨认网上这本书上的印章，岂不正是这个"劳人草草"。那么，另一个被朋友认为是"杨"字的印章，又该怎么去解释呢？我又在网上搜索，发现一篇《读〈书简三叠〉》的网文中有一个重要线索，这位名为"清风庼竹"的网友说他得到《书简三叠》一册，乃是"装帧清雅，后附谷林印章甚夥，每页皆有国画小品水印"，说来我刚刚翻读此书一过，但对于这些印章，却寥无印象矣。于是迅速在书架中找出此书，翻到书后查阅，原来这个所谓的"楊"字，乃是谷林先生的笔名"柯"字。如此一来，才算是终于坐实了此事，也了却了自己的一个心愿。只是至今我也不曾知道，这位"佩秋妹"究系何人，想必也是爱书之人。

"谷林"这个笔名，其实乃是老人的女儿的名字，被他借来一用，不料最终却是沿用了下来。而他的另一个笔名"劳柯"，则是用得最早，却是少为人知的。后来重翻这册《答客问》，读此书"附录"所收扬之水的文章《绿荫下的风景》，乃是记述谷林最早的一篇文章，其中有一段话，便是由谷林的笔名所引发的联想，但却甚能理解谷林对于书的深情："清代藏书家仁和劳氏兄弟，是极有名的，弟弟劳格季言尤其在考证上颇具功力。凡于校之手，无不丹黄齐下，密行细书，引证博而且精，又镌一小印曰：'实事求是，多闻阙疑。'钤在校过的书上面。先生的读书、校书，与求甚解的考订功夫，便大有劳季言之风——'丹黄齐下，密行细书'，是形似；'实事求是，多闻阙疑'，是神似，有时甚至认真到每一个标点符号妥帖与否，因每令我辈做编辑的，'塞墨低头'，惭愧不已。"此文最初由扬之水女史以另一笔名"于飞"刊发于《读书》杂志一九九四年第五期，其时扬之水为该刊的编辑，而谷林则担任这本杂志的义务校对，从创刊始已达十余载的光阴。

我得到的这本《答客问》的毛边本，已经一一裁过，显然是受赠者已经逐页读过了。说来我已藏有谷林的一册

答 客 问

张阿泉○问　谷　林○答
止　庵○编

东方出版社

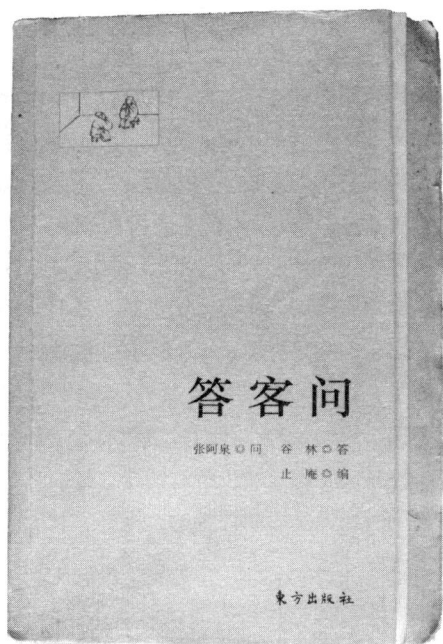

《答客问》毛边本书影

《答客问》，毛边本则是未曾见过。如今这册毛边书以高价购入，却是已经逐页裁且读过了，便略略感到一些遗憾。但又转念一想，我若购来的是一册未裁的毛边书，于谷林先生来说，则是赠书非人了。赠书他人，一般来说，还是很期待受赠者能够逐页品读的。毛边书的情调，便在于边裁边读的那份慢下来的心境。网上还有一篇关于此书的文章《夜读谷林及其答客问》，作者名为布谷，此文谈及他在冬夜里收到了友人赠送的一册谷林著作《答客问》，令他颇为感动的是友人的这份体贴的书情，还有谷林先生笔下"隽妙无比"的文字境地。文中还有一段他读这册著作毛边本的心境，很有一些"从吾所好"的滋味："在冬夜的灯光下，用一把精致的小裁刀，边裁边看，裁一页看一页，于是，谷林文字的意境慢慢地铺张、浸润在冬夜的时光里，冬夜的时光像是一张淳绵的宣纸，谷林的文字在其中慢慢地耗散，慢慢地显出一点淡淡的温馨而平静的墨痕。"

《答客问》这本书还有颇值得一说之处。此书最早由内蒙古的张阿泉策划，他向谷林先生提出了四十五个问题，并经后者一一回答，拟整理命名为《有一道风景叫谷林》，列入"清泉部落"丛书出版。张阿泉为内蒙古电视台的编导，也是一位爱书人，其曾创办民间读书会刊《清泉》，因而有"清泉部落"丛书一说；此书后经止庵重新编辑，改名为《答客问》。或许由于止庵为此书的出版颇费了一些心思，故而在此书的折页上有"特约编辑"这一行，列有止庵的本名"王进文"。这本书不过戋戋小册，但对于了解谷林十分有用，附录收有张阿泉、止庵、扬之水、张放、谢其章等友人的评述文章，还有彩色插页多张，其中印有谷林的各个时期的照片、出版著作的书影以及书房、印章、日记、手稿等图片，对于了解谷林精致散淡的人生很有必要。特别是收录了几幅谷林收藏的数册周作人文集签名本书影，颇有意义，谷林就此写过文章《曾在我家》，颇为动情。谷林作为一位业余读书人，得到众多书友的爱戴，这本《答客问》便也是一种见证。

二〇一七年一月九日

读《闲花》

　　春节后到国家图书馆借书，在开架阅览室借了两册正经的书，就想再借本闲书吧。没想到在书架上巡阅多时，也拿不定主意。正在犹豫之间，发现了沈胜衣的一册文集《闲花》。沈胜衣君，我是熟悉的，常在报刊读其书话文字，起初关注，乃是他与晚年的谷林先生有着一段忘年之交。《书简三叠》一书中，除了谷林先生致扬之水与止庵两位以外，另外一位便是沈君了。之前，我还读过沈君编选的一册谷林选集《觉有情》，印象也是殊好。在报刊上偶读沈君的文章，都曾留意，知道他喜欢花草和港台流行文化，却都不是我关注的领域。沈君近几年出版的几册集子，诸如《书房花木》《行旅花木》《笔记》等，大多与花花草草有关。借来的这本《闲花》，显然颇受读者的喜爱，书皮已经被翻阅的有些破损了，但又被细心地用透明胶带粘好。

　　这本书的装帧也是特别的，三十二开本的小精装，淡绿色的封面颇显文雅，护封打开来则是画家冷冰川的一幅墨刻画作，翻阅此书的序言，才知道是冷冰川的画作《让闲花先开》。他说某次立春的书店欢悦之行，在一册《冷冰川》中随手翻到一幅佳作《让闲花先开》，"为之惊艳赞叹，喜欢画本身，也喜欢'闲来花先开'这个同属神来之笔的题目"。显然，沈君对于画家冷冰川的作品是情有独钟的，他的另一册著作《书房花木》的封面图片，则采用了冷冰川的画作《阳台》，记得他们二人还合作出版过一册图文并茂的著作《二十四节气》，由冷冰川绘画，沈胜衣则予以配文。冷冰川的画作，我也早有关注。沈君提及的这册《冷冰川》，去年五月曾在清华大学西门的前流旧书店购到一册，但毕竟不关心花草，那幅《让闲花先开》也未曾特别留意。

冷冰川的绘画我也喜欢，冷艳、繁复、茂盛，带着一种神秘、野性、高贵的格调，又混合着一种情色与书卷气的复杂味道。冷冰川的这种风格，对于爱书的人来说，可谓正合心意。我曾设想编选一册集子，请扬之水题写书名，董桥作序，冷冰川插画，朱赢椿设计，乃是极为美妙的事情。虽是一时的奢想，但以上诸公的风格，似乎也有一些相似的地方，其中当然也包括沈君了。后来，我编选二〇一二年的随笔年选，便又曾选收过止庵的随笔《冷冰川的世界》，其中有这样一段论述，读来也是颇有见地："墨刻作品的最大贡献，在于把性感之美表现得特别精致，也特别充分；也正因如此，它们实现了对中国传统的重大冲击、突破和拓展。"之所以这里费些笔墨，谈及冷冰川这位独特的画家风格，乃是想到沈胜衣的偏爱，正系其文字风格的追求。

借书归来的夜里，翻读这册《闲花》，竟是不能释手。这册文集可以看作沈君谈论南方花草的一本随笔集，但我还发现，他又是极爱读书的，因此每一篇谈论花草的文章，又都是关于这些花草的著作的书话，其中有他淘书、买书、读书的经历和见闻。当下写作书话的作家多矣，但大多关注于现代文史这个领域，取法唐弢之书话，多循其迹，面目类似，使之愈写愈觉逼仄。而沈君能够别出心裁，专注于文人笔下的花草著述，愈成规模，故而笔下的花草文字，虽多散淡，却又能独成一格。再说关于花草这样闲适的题材，沈君也很有自己的追求。此书中有一篇文章《红黄灿然，北京之秋》，写其在北京的秋天见到北方白杨树的旧事，那是他去北航访问谷林先生的一段往事，其中一段话写得很有诗意，读后竟有一种莫名的伤感来："在北京航空航天大学的绿荫下打盹，秋风过处，头顶的白杨树满树叶子摇动，我讶然于它们发出的哗啦声如此整体。"

这篇文章有一个短短的《附记》，很有见识，文笔动情，又甚为克制。文章先是写到了他在北京时，曾与朋友在饭局上谈到的一些对于植物写作的看法："时下植物散文众多，其中作为主流的有两类，一是过度阐释的托物言志，或给草木赋予太沉重的社会现实意义，或流于肤浅的哲思；二是过分浓丽的抒情寄思，滥情到了腻歪的地步——这两者自有中国文化传统背景，也是植物写作的题中应有之义，但一旦'过'了，便为我所不喜。"这里的"一旦'过'了，便为我所不喜"，乃是与谷林先生作文章的看法是一致的，或许也正是受到谷林以及知堂文章一路的影响，乃是文章力戒"抒情"，也崇尚"言志"的心境，而少有一些强加的"载道"之气。

沈君的这篇短小的附记，作于那篇拜访谷林先生的文章的一年之后。此时，他回想起自己在北京秋日拜见谷林先生的那个下午，"清风过处，头顶的白杨满树叶子摇动，那哗啦声如此整齐悦耳，连同北京秋日清澈的蓝天、柔和的阳光，让我颇觉愉悦"。而在重温了这个旧日场景之后，他又补充道："但我当时没有想起的是，白杨自古就有与坟墓、死亡相连的寓意。——那是我第一次领略白杨的佳音，却也是最后一次见到谷林老人，佳音之后不久就是悲讯了。"此一年，沈君又重返北航，他坐在谷林先生的"一仍其旧"的房间里，竟颇生一种恍惚之感。这次他再见到那片白杨树，又是在好天色中自在地轻摇，却是想起了《古诗十九首》中的一句诗来："白杨多悲风，萧萧愁杀人。"

二〇一七年一月十三日

孙犁的魅力

　　连日读一九八二年百花文艺出版社的《孙犁文集》。此文集第五卷收有孙犁致冉淮舟信八封，后附录有冉淮舟一九八一年九月所辑录的《孙犁著作年表》，一九八二年春节前所辑录的《孙犁作品单行、结集、版本沿革年表》，这些对于了解研究孙犁和他的作品都有很大的价值。再细读孙犁致冉淮舟的书信，不难看出孙犁与冉淮舟交往很密切。诸如一九六二年孙犁出版《津门小集》，一切编务都是由冉淮舟完成。在一九六二年二月十三日的信中，孙犁嘱咐冉淮舟："一切事务你费心去弄吧，和出版社采取商量的态度，不必条件太高，也得看到目前条件的困难，另外这么一本小书，也不要过于张扬。"一九六四年一月二十二日，孙犁又写信请冉淮舟帮助从上海文艺出版社购书；一九六一年十一月十四日孙犁还曾致信给冉淮舟，从信的内容看是孙犁给冉淮舟所写文章提出的具体修改意见，达九条；除此，孙犁与冉淮舟的书信还有谈论书法、议论读书心得和生活现状等具体内容。另外还可知的是，二十世纪六十年代初，冉淮舟是天津《新港》杂志的文艺编辑。《新港》杂志后来改为《天津文学》，现在名为《青春阅读》。前几日读报，知道又将恢复为《天津文学》。

之所以独独对《孙犁文集》中的这个细节很感兴趣，是因为我在北京解放军艺术学院读研究生时，知道文学系曾有一位名为冉淮舟的退休教授。一九八四年文学系创办，在著名作家徐怀中的主持下，第一次向全军录取和培养文学创作人才，这也就是后来在中国文坛名号十分响亮的"军旅作家黄埔一期"。一九八五年，由冉淮舟和刘毅然一起编选了一册《三十五个文学的梦》。这册书，我在文学系的资料室借阅过，薄薄的一个小册子，收录了文学系第一批学生的创作谈。这些人现在看来不少都是文学界声名显赫的人物，比如莫言、李存葆、钱纲、王海鸰等。因为这册书我记住了冉淮舟，但这个人在北京身在军界的文学教授，难道与《孙犁文集》中不断提到的那个与孙犁交往密切的天津文艺编辑同为一人？

再读《孙犁文集》，不难发现孙犁在一九八〇年十二月十二日所作的《读冉淮舟近作散文》一文中就有："淮舟从地方调到部队工作，不久，他就出差到东北和西北，并把旅行所见，写为散文，陆续在各地报刊发表。淮舟工作勤奋，文笔敏捷，当我看到他这些文章时，心里是很高兴的。以为，他在编辑部工作多年，生活圈子很小，现在有工作的方便，能接触广大的天地，这对他从事创作来说，当然是一个很好的转机。"原来，冉淮舟一九八〇年从地方参军入伍，携笔从戎，从天津的《天津文学》杂志社调到了当时的铁道兵部队的文化部门工作。孙犁这篇文章肯定了冉淮舟的创作，但也在文中提了不少中肯和尖锐的意见，显然是作为诤友之所谈。现在终于可以将这两个身份重叠到一起了。一九八三年，铁道部队撤销，机关人员全部分流或者转业。当时在创办文学系的著名作家徐怀中正在招兵买马，对孙犁和抗战文学十分有研究的作家冉淮舟自然就很顺利地成为文学系最早的教师。

　　而让我更感兴趣的到此还没有结束。一九八四年四月孙犁在《天津日报》发表文章《读小说札记》，第一段就写到了当时才刚刚开始创作的莫言："去年的一期《莲池》，登了莫言作的一篇小说，题为《民间音乐》。我读过后，觉得写得不错。他写一个小瞎子，好乐器，天黑到达一个小镇，为一女店主收留。女店主想利用他的音乐天才，作为店堂一种生财之道。小瞎子不愿意，很悲哀，一个人又向远方走去了。事情虽不甚典型，但也反映当前农村集镇的一些生活风貌，以及从事商业的人们的一些心理变化。小说的写法，有些欧化，基本上还是现实主义的。主题有些艺术至上的味道，小说的气氛，还是不同一般的，小瞎子的形象，有些飘飘欲仙的空灵之感。"在这段札记的后面，孙犁才逐个提到了当时文坛上已经很有些动静的李杭育、张贤亮、铁凝、肖关鸿，甚至是复出不久的汪曾祺。由此可见，孙犁对莫言的这篇短篇小说是十分重视的。

　　发表莫言小说的《莲池》是河北保定的一家市级文学刊物，孙犁作为从保定走出来的文学前辈，是可以定期收到这份小刊物的。莫言当时正在保定郊区当兵，从而成为这家现在已经消失的文学刊物的作者之一。莫言后来在文章《我是〈莲池〉扑腾出来的》中写到自己与这家文学刊物的深厚感情，他强调自己正是"带着孙犁先生的文章和《民间音乐》敲开了解放军艺术学院的大门"。去解放军艺术学院读书是莫言人生的一个转折点，但当时莫言带着孙犁先生的推荐文章到艺术学院时，招生已经结束了。斜挎着个黄帆布军用包的莫言在文学系的走廊里只见到了作为参谋的作家刘毅然，刘收下了莫言的作品以及刊有孙犁文章的报纸，并告诉这个看着呆头愣脑的年轻人，徐怀中先生很忙。后来，莫言顺利成为这一中国军旅作家班"黄埔一期"学生，他曾多次在文章中表达过自己对刘毅然和徐怀中两位慧眼识珠的感激。但在读了孙犁与冉淮舟的交往后，我立刻感觉到，当时作为文学系教师的冉淮舟，很可能对这个受到孙犁称赞的莫言予以别样的关注，甚至是可能大力的推举。

尽管现在还没有这方面的任何资料可以证明，但我做出这样的推断除了孙犁先生的评点文章外，还有我偶读《天津日报》二〇〇二年十月二十四日的一篇怀念孙犁的文章。这篇名为《大师的手》的作者宋安娜，在文中有这样一段回忆："我十九岁在《天津日报·尽朝晖》发表处女作《麦花香》，谈稿，见作者，都是达生编辑，在一楼右边那间小小的会客室里，待进入报社才认识孙犁。《麦花香》一发表，当时负责编辑《天津文艺》的刘怀章、冉淮舟同志就向我约稿，冉淮舟还一个人跑到我插队的村子里去找我。我那时正在麦场上干活儿，大队部的高音喇叭叫着我的名字，说天津来了人，吓得我七魂出窍，以为家里出了事，披一身麦糠便往大队部跑。见了面才知道素不相识，好几百里地专程赶来，就为了让我写一篇小说。我始终搞不懂刘、冉两位何以对我这样关注。二〇〇二年春天看到怀章老师，他已经退休，谈起往事，他才告诉我当年是孙犁看了《麦花香》，高兴地向他们介绍，说有个女孩子如何如何，他俩兴奋得一夜没睡，才做出了远赴保定约稿的决定。"

因为孙犁先生私下里的推举，冉淮舟便热心地从天津几百里跑到保定农村去见这位默默无闻的青年作者。现在，又一个被孙犁先生写文章推荐的人自报家门，而第一次进行招生的文学系又岂能错过这个送上门的作家苗子。作为孙犁研究者和追随者的冉淮舟，心情不难想象。由此，我可以大胆推测的是，作为文学系教师的冉淮舟，对这个从保定赶来的毛头小伙子，一定会认为在文学上大有潜力的。冉淮舟对莫言的重视，还有一个细节是可以推断的，一九八五年由他和刘毅然共同编辑《三十五个文学的梦》时，在封面上特意注明的是"李存葆、莫言等著"。要知道，那个时候李存葆因为小说《高山下的花环》在全国已经大红大紫，而获得过全国各类奖项的同班中的文学高手也比比皆是，但莫言除了《莲池》上的那几篇小说之外，短篇小说《透明的红萝卜》在这一年的四月份刚刚发表，成名作《红高粱》则要等到一九八六年了。所以，假如我没有猜错的话，如果没有孙犁的那篇巴掌大的评论文字，即使莫言在《莲池》上的小说还要更精彩，但估计最少也要等到一九八六年了。而若到一九八六年，弄不好莫言早就卷铺盖从部队走人了。

　　假如我的这些推断都准确的话，我相信莫言也会像那位宋安娜女士一样"热泪盈眶"的。等下次有机会回母校，我倒要找到冉淮舟先生，问清楚是否真如我所猜测的这样。但后来想想，其实也没必要，因为这么多偶然的背后，都源于一颗颗对文学虔敬的心灵。也因为有了大师孙犁的眼光与魅力，才让文学系为莫言破了一次格。对于莫言，以后的天空，自然广阔。好风凭借力，这个青年文学爱好者很快在文坛上整出了一次次的地震，这些都是孙犁所没有想到，也从未去有意关注过的。这或许就是真正文学大师的魅力，他的眼光、品格、经历、地位和成就，决定了他会潜在地影响着文坛日夕变化。时至今日，当我读到这些细碎的文字时，刹那间被这些并非遥远的人与事深深地温暖和感动，却有些恍然若梦。

二〇〇八年五月

写在孙犁边上

——读《布衣：我的父亲孙犁》

　　孙晓玲的著作《布衣：我的父亲孙犁》在出版之前，我便已经读过了。书中所收录的十八篇文章，其中十七篇起初都发表在《天津日报》的《文艺周刊》上，从二〇〇一年到二〇一〇年，几乎持续了近十年的时间，这种漫长的写作方式，对于一个业余写作者来说，无疑显示了一种精神的庄重。而我之所以有幸在成书之前读过这些文章，起因则是我曾利用业余时间为《文艺周刊》编辑过一段时间的稿件，记得为了更好地了解报纸副刊的风格，也曾集中精力研读了一些往日的副刊版面，由此才陆续发现了孙晓玲女士的这些追忆父亲孙犁的文章，那些文章发表时的版式和插图都是分外的清新和优雅，而且每每也都是整版予以发表的，因而显得格外的醒目。孙晓玲的这些忆旧文章，朴素扎实，真诚自然，特别是她写孙犁与梁斌、邹明、谢晋、刘绍棠、铁凝等人的交往，以及父亲孙犁对于家庭和亲人的态度，都给我留下了十分深刻的印象。后来，我也才知道这些文章都是在天津日报社的宋曙光先生的不懈努力下才慢慢地催生出来的。为此，在这册著作的《小跋》中，有孙晓玲对于成书过程的一番让人慨叹的回忆："以我的水平与能力来写父亲，实在力不从心。我只能侧重作为亲人的感受（即使这一侧重面也挂一漏万），但我确实在每年两到三个月的写作过程中，投入了全部情感与精力，有深夜灵感骤至，也有清晨的一跃而起。写作进程很缓慢，成篇艰难，困难很多，我都努力克服了，而且在很长时间内并没有想到以后或许能出一本书。"也因此，在出版后的这册著作中，我发现这册书的特约编辑正是宋曙光先生。

孙犁与《天津日报》文艺副刊是有着很深厚的感情的，他不但参与了这份报纸副刊的创办和编辑工作，而且还曾经利用这块园地扶持了许多的文学新人，他自己也在这块园地上刊发了大量的文学作品，可以说，《天津日报》的文艺副刊能够在全国独树一帜，与孙犁的努力是绝对无法分开的。今年初，我买到了由上海文汇出版社出版的《孙犁文集：天津日报珍藏版》，便是由张建星、宋安娜、宋曙光等报社编辑一起编选完成的，收录了孙犁发表在《天津日报》上的全部文章，将近一百万字，并附录了发表时的精美插图以及报纸的版式，不少文章还备注了当年编辑这些文章的一些点滴的回忆，可谓赏心悦目，也是很有些史料与研究价值的。原来编辑们是以这种特别的方式来纪念孙犁去世五周年，据说在孙犁去世时，他们曾用了一百个版面来予以悼念，可见郑重。我去年到过天津日报社，在报社大楼前的那座用汉白玉雕刻而成的孙犁坐像周围，徘徊良久，想着那些能够在孙犁先生开垦过的文艺园地上继续耕耘的编辑们，一定也会因此而感到温暖，感到骄傲，甚至是感到神圣。无疑，孙犁是这份报纸副刊的品牌，也是这份报纸副刊编辑的最好代表。如今，这些由他的女儿所撰写的回忆孙犁的文字，在父亲耕耘过的园地上面世，自然是很有意义的。在这册书的《小跋》中，孙晓玲这样写她的文章与父亲孙犁的另一种因缘："能在父亲耕耘过的园地发表纪念他的文字，我深感荣幸，也惴惴不安。在《天津日报》文艺部园丁们的帮助指导下，我的写作水平确实有了很大的提高。拙作在陆续发表期间，曾收入某些散文选本，也有一些地方予以转载，有一篇还曾获奖。这些都给我平淡的生活增添了色彩，带来了惊喜、欢乐，增添了我继续写好这组文章的信心和力量。"

今年初，我偶然在上海《文汇报》的《笔会》副刊上读到由学者卫建民发表的文章《回忆是幸福的，也是痛苦的》。此文是他给后来出版的这册《布衣：我的父亲孙犁》所撰写的一篇序言，由此我才知道这些文章已经结集，并即将由北京的三联书店出版。卫建民与孙犁是有过忘年之交的，文章写得很好，对孙犁也很有研究，难怪他的这篇序言写得会如此动情："作为第一读者，我一口气读完集子的校样，忍不住对三联的朋友说：这本集子，首先是文章美，情感真挚；第二，这会成为孙犁研究的最新史料；作为从业近三十年的老编辑，我敢预言，这本集子还会是二〇一一年引人注目的新书。我平生少有预言，但对这本集子的市场前景却敢作出预测。"他的这番话是写给作者的，也是写给读者的，还是写给出版社的，良苦用心，一片热诚。这篇序言中，卫建民还写到，由于孙犁晚年闭门隐居，加之这一段时间的研究资料十分稀少，故而各种猜测与误读难免产生，由此，他认为这册追忆孙犁的著作，对于研究孙犁的晚年，以及理解孙犁的人生，意义重大。他在序言中也重点谈到了这种现象发生的缘由，真乃是知人之论："其实，孙犁只是决绝地屏蔽了影响生活和创造的噪音，以农夫的姿态，诚实的劳动，日出而作，日入而息。"我也是读了孙晓玲的这些追忆父亲的文章，对孙犁才有了更丰富也更为深入的理解的。

待到这本著作出版后，我才发现，除了卫建民的这篇序言之外，还有天津学者金梅的序言《纯粹的文学家》。作为一个对于孙犁研究颇有成就的学者，金梅是这样评价这册关于孙犁的著作的："文章中写到的那些鲜为人知的，孙犁先生日常生活（尤其是家庭生活）和创作某些作品时的细节，还有文艺界一些著名人士前来探视，与其谈文论艺等情景，则为孙犁研究提供了宝贵的史料。而作者笔带感情，行文流畅自然，词语变化多姿，有其父之风。"作为学者，金梅研究孙犁四十余载，与孙犁也有着十分密切的交往，他还曾撰写过《孙犁的小说艺术》《寂寞中的愉悦：嗜书一生的孙犁》等研究著作，也曾参与或主持编选过《孙犁文集》《孙犁散文》《孙犁书话》等影响较大的著作，因此，他是懂得这些文章的真正价值的。金梅在这篇序言中阐述了他对于孙犁的认识，认为孙犁是当代中国文学史上的一位真正纯正与纯粹的文学家，这也是可以作为了解孙犁作品的导读文字的。孙晓玲之所以邀请卫建民和金梅来作序，也正是因为他们既熟悉孙犁的作品，又懂得孙犁的为人。其实，孙犁生前与很多编辑或者研究者都保持着很好的私人关系，他们热爱孙犁的文字，也敬重孙犁的人品。他们对于孙犁的研究，也都曾经得到过孙犁的热情帮助和提携，并在有关孙犁的学术研究中，均取得了令人瞩目的成绩。

也是在今年的年初，大约是三月份吧，我到人民大学文学院拜访孙郁先生。在谈完事情准备离开时，文学院办公室的工作人员告诉孙先生，有一个他的从西安来的快件，待打开一看，原来是陕西作家贾平凹寄来的两幅书法作品，其中一幅便是贾平凹为孙晓玲的这册著作所写的封面题签。于是，孙先生便邀请我一起欣赏。此时旁边有人惊叹，也有人议论，因为贾平凹的书法，据说如今已是声名颇大，一字难求，且市场上的价格也是相当不菲的。为此，孙郁先生介绍说，三联书店的编辑知道他与贾平凹有所交往，于是请他向其代求墨宝；而他也知道，孙犁对贾平凹的文学创作是有过提携之恩的，想必是会满足这个愿望的，便一口答应了，但没想到他会写得这么快，还写得这么用心，也这么精彩。正如孙郁先生之所言，我手边有一册由漓江出版社出版的《贾平凹散文选》，便是孙犁先生撰写的序言，那其中饱含着文学前辈对于新人的爱护与提携，洋溢在整个序言之中。孙犁对贾平凹是非常看重的，贾平凹后来曾写过一篇《论孙犁》，他也是十分赞赏的。贾平凹早年的创作，可以说是受到孙犁的很大影响，早年的小说《小月前本》，据说便是直接受到孙犁的小说《铁木前传》的影响而创作的。他早年的散文创作，更是有很多孙犁影响的痕迹。其实，不仅仅是一个贾平凹，孙犁生前帮助和提携过很多的文学新人，无论他们后来在文学上取得的成就或大或小，地位或高或低，他们对于孙犁的感情却都是真诚而热烈的。这册书中收录有孙晓玲所写的《父亲与刘绍棠》《铁凝探视》等回忆文章，也正是对于这种美好的文坛佳话的一种十分可贵的记忆。

二〇一一年七月

『我有洁癖』

——孙犁的读书态度

　　大象出版社二○○八年出版过孙犁的《耕堂读书记》，上、下两册，但与一九八九年百花文艺出版社出版的《耕堂读书记》有所不同，此次重版多了一册《耕堂读书记续编》。我读编选者的后记，才知道所谓续编就是在原来版本的基础上，另外搜集和编选了孙犁晚年读古书的相关文字。按道理来说，我已经有了孙犁的诸多版本的文集，这一套书是不该购买的，且此版文集定价的昂贵也是少见的。但这两册精装的小开本文集拿在手边实在是风雅，颇有些爱不释手，可见编选者和出版者都是下了一番功夫的。如整个书的封套都采用白色的纸张，并配有一幅展现孙犁书房的水墨画，内封则为灰色的硬皮精装，书内的扉页有黄苗子的题签，另录有罗雪村为孙犁所作的藏书票和书房素描各一幅，还有孙犁以及他的书房、文稿、书信、墨迹和藏书等照片数十幅。值得一提的是这些照片均印刷精美，黑白分明，而整本书的内容也都版式疏朗，纸墨皆精。

可惜的是，孙犁先生是见不到这样的一套文集了，否则，我以为他是会很高兴的，因为这正符合他对于书的审美标准。孙犁对于书的装帧有着特别的偏好，在《理书续记》中他就数次写到自己对于旧书装饰和版式的品评。诸如对于一册《金石学录》，他就写其"纸张印装之精美，今日所不能见，见亦不能得"；而在《理书三记》中，又多次写到自己对于书的态度，诸如一册《言旧录》，他就有这样的评价："大开本，所用连史纸，质地之佳，几如宣纸。余有《嘉业堂丛书》数种，皆为毛边纸，独此书特为精良，纸白如雪，墨色如漆，展卷如对艺术品，非只书也。"再如由一册旧书《阮庵笔记》，就有这样的感想："这些往日的线装书，则是一片净土，一片绿地。磁青书面，扉页素净，题署多名家书法，绿锦包角，白丝穿线，放在眼前，即心旷神怡。"面对今日发达的出版技术，但对所出版的许多书籍，孙犁的评价却十分苛刻："目前的书刊，从封面到封底，都是红红绿绿的广告，语言污秽，形象丑恶，尚未开卷，已使人不忍卒读，隐隐作呕。"

之所以说孙犁若是能看到这一套《耕堂读书记》会高兴的，显然编选者和出版者正是懂得他对于书的独特态度。孙犁一生"嗜书如命"，对于所读及所藏之书均有一种特殊的情感。读他的这两册新编成的文集，就会发现孙犁曾多次强调自己对于读书很有"洁癖"。如他在《买〈太平广记〉记》中就写到自己买书的习惯："我有洁癖，见其上有许多苍蝇粪，遂为会文堂主人买去，失之交臂，后颇悔之。"孙犁晚年有修书的习惯。所谓修书就是将那些破损的书重新用牛皮纸包装起来。他的大部分藏书在"文革"中被查抄,返回后不少书都被污损了,因此,修书成了他晚年打发光阴的一个重要的功课。我在这册书的一张照片上见到被他修整后的那些书,清洁、朴素、文雅,书上还写有他题写的文字,也就是后来结集的《书衣文录》。在《题〈何典〉》中,他开篇就写到自己的修书经过:"一九九二年四月二十八日,山东自牧寄赠,贺余八十岁生日也。书颇不洁,当日整治之,然后包装焉。"既是朋友的礼物,估计不会很难看,但孙犁还是认为"颇不洁"。

《耕堂读书记》是孙犁晚年的读书笔记,此作之后,他几乎就息笔了。这册《读书记》所选书目大都是古书和旧书,很少提及当下的新书,而在"文革"结束之后,孙犁曾热情很高地写过一段时间的"新作短评",但很快就终止了。他后来读书和写作,所选的书目大都是古书,许多书还是常人很少见到的;而他所选择的这些书目,除了从一些目录学著作中研究得来,有很多是按照鲁迅先生在日记中的书账或者文章中提及的书目来按图索骥的。鲁迅先生是近代以来极少精神高洁、学识渊博又毫无迂腐之气的大师,循其读书路径摸索其文章、思想和精神的奥秘,对于孙犁,在他晚岁不多的光阴里,这不失一个读书和消磨光阴的好办法。因此,我读这册《耕堂读书记》就不难发现他在文章中常常会提及鲁迅先生。诸如在《我的史部书》中,他写到一册《唐摭言》,便在书后的括号里很郑重地注上"鲁迅先生介绍过这本书";而他选书也很受鲁迅的影响，在《缘督庐日记钞》中，他这样写自己之所以大量购买日记方面的著作的原因："我一生无耐心耐力，没有养成记日记的良好习惯，甚以为憾事。自从读了鲁迅日记以后，对日记发生了兴趣，先后买了不少这方面的书。"再如他在《买〈世说新语〉记》中写道："我们知道，鲁迅先生不好给青年人开列书目，但他给许寿裳的儿子许世瑛开的那张书目，对我们这一代青年，却发生了意想不到的影响。我记得在进城以后，大家都争先恐后地搜集那几本书。《世说新语》就是其中的一种。"在《甲戌理书记》中，我读到一段由一册《华新罗写景山水册》所引起的感想，描述颇为动情，可见鲁迅对孙犁购书的影响："这些画册，都是六十年代，从北京中国书店邮购而得。文明书局所印字帖画册甚精。鲁迅先生居沪，所逛书店，文明为常去之处。兼售旧书，故有时先生一人进去，留夫人及海婴于店外，恐小孩受旧书尘垢污染也。"

对于自己所读之书，孙犁在这些读书札记中常常毫不掩饰他的态度，有些甚至十分的激越。诸如他在《买〈王国维遗书〉记》中谈自己读了罗振玉撰写的《祭王忠悫公文》，十分失望，"深感此公之无聊，扭捏作态，自忘其丑，虚伪已极，恬不知耻矣"。其原因是孙犁发现罗振玉在文章中谈到他曾与王国维"约同死"，而待王死后，罗却担心别人议论他也想得到王国维死后的好处，便又不死了。这让孙犁很不屑。他对《金瓶梅》《品花宝鉴》一类书也无很高的评价，后者甚至被认为是"下流之书"，"此等书虽名载小说史，然余从未想读过，更从未想买过。既不能以之教育自己，又不能以之教育后人，插之书架，亦不能增加书房光辉"。他在内心中是极为喜爱那些光明磊落之人所作之书的。除之,他对于书呆子文人的著作评价也不很高,此书中他便有多处论及。诸如在一册关于《鲁岩所学集》的读后札记中,他借用阮元的评价进而指出其书有"书呆子穷极无聊的一面"。在我的印象中,孙犁所评论的诸多文人,他倾慕梁启超、鲁迅这样"重视行动和有任事精神"的文人,而不喜欢那些只懂得吟风弄月的文人。也因此,便不难理解为何在这册书中,他对汉代的司马相如有着很高的评价:"他不像一些文人,无能为力,不通事务,只是一个书呆子模样。他有生活能力。他能交游,能任朝廷使节,会弹琴,能恋爱,能干个体户,经营饮食业,甘当灶下工。这些,都是很不容易的,证明他确是一个多才多艺的人。一个典型的、合乎中国历史、中国国情的,非常出色的,百代不衰的大作家!"

孙犁晚年的读书随笔愈写愈老辣,我读这册《耕堂读书记》,就极喜欢这些短小、朴素的读书札记,这些文章初看谈古书的版本、装帧、内容以及自己购书、修书和读书的经过,本是很休闲和优雅的事情,但我读这些文字,却能时刻感受到一颗赤诚、热烈乃至洁净的心灵。他常由这些读书的笔记引发自己的一些慨叹,多是寥寥数字,但却十分清晰地表达了对于文坛和社会的鲜明态度。如他读一册明代的《野记》就有这样的感慨:"余向不喜明人文章,包括钱氏等大人物之作。余以为明人文章多才子气,才子气即浅薄气,亦即流氓气,与时代社会有关。近日中国文坛,又有此气氤氲发生,流氓浅薄之作甚多,社会风气堕落,必有此结果。"再如他读一册《入唐求法巡礼行记校注》后写道:"余欲读孤行苦历之书。今不只无书可读,甚至无报刊可读。报纸扩版成风,而内容变为小报。世风日下,文化随之,读了一程字帖,亦厌烦矣。乃忆及此书。"孙犁的晚年,他将自己封闭在书房狭小的天地之中,但内心世界却极热烈地保持着对社会和文坛的关注。在《耕堂读书记》以及孙犁其他的读书文章中,均有诸多这样议论时事的感慨。

二〇一六年五月六日修订

关于《钓台随笔》

　　近得一套湖南大学出版社出版的"开卷随笔文丛"，其中有一册林谷先生的《钓台随笔》，我很感兴趣。说来这位林谷先生，之前在报刊上读其文章，便多有关注，因其这个笔名，与我喜欢的作家谷林实在是有些近似，且两人读书与作文的风格也很有相似之处。如他们都喜爱周作人的文章，也都常写一些读书小品文章，且文章均淡然优雅，令人难忘。然而，谷林先生的文章我读过很多，加之不少爱书人的热心推介，他的著述和行止也是了然于心了，而这位林谷先生虽有所耳闻，但坊间并未见有书出版，文章偶尔露面，其身份更是令我难以猜测。待到这册《钓台随笔》入手，我才从其中读出，原来林谷先生也是一位文化老人，现今应也是八旬高龄了。林谷先生长期供职于报界，多年为他人作嫁衣，早年在天津工作，"文革"后才调入北京。临近退休之日，才陆续写了些读书随笔，《钓台随笔》便应是他结集出版的第一册著作。更令我感到亲近的是，这本名为《钓台随笔》的著作，虽然其书中没有对书名进行解释，但我一见便猜想应与北京的地名"钓鱼台"相关，因我工作于此地已近十年的光阴。待翻读其中的一篇文章，知道林谷先生居住于岭南路，乃与我居住的"西钓鱼台"几乎是相邻而望。

且说读了这册林谷先生的《钓台随笔》之后，很快又见到了报刊上的两篇评介文章，引起了我的一些随想。一篇是止庵在《文汇报》（二〇一八年一月五日《笔会》副刊）刊发的文章《纸上聊天》，谈的便是林谷的这本书。止庵在这篇文章中谈到的更多是其中一组关于李霁野的文章，认为很有一些价值。林谷的《钓台随笔》中收录有与李霁野有关的文章六篇，其中涉及一些李霁野回忆鲁迅的史料，而这些史料与当下学界的一些认识有所区别，但止庵认为这些史料的提供，假如能够进一步核准的话，可以与之前学界的一些相关史料进行"并存"，因为"并存"至少比那种单单凭印象（其实是人云亦云）得出的简单化、片面化的判断，更接近于历史的真实。这是止庵对于林谷这组文章的一种特别的肯定。李霁野作为与鲁迅有过较多交往的"未名社"成员之一，是重要的历史见证者。林谷在南开大学中文系读书的时候，有幸结识了这位深受"五四"洗礼的文学前辈。后来他一直追随这位文学前辈，读其书，爱其人，可以说是深受其影响。李霁野虽然追随鲁迅，但其文章风格却与鲁迅的热切尖利有所区别，乃是"明快朴实、娓娓动人，字里行间充溢着对人生的挚爱"。林谷认为李霁野的文章受英国 Essay 的影响较深，读来"宛如在炉边促膝谈天的演讲"。

　　止庵的这篇文章之外，还有一篇系安徽的桑农先生所作的《文章真处性情见》，刊发在南京的《开卷》杂志第十二期上。桑农在读这册随笔集时，对于林谷书中的文章编排表示不能理解，因为此书开篇一辑为谈孙犁的七篇文章，接下来则是谈周作人的六篇，之后还有谈谷林的三篇，谈胡适的四篇，等等。桑农表示难以理解这种文章的编排，起初我也对此不能赞同，认为或许有考虑出版环境的因素，但后来细读了全书，似另有了心得。林谷先生在天津报社任职时，曾有幸与孙犁在一家报社供职，尽管其时孙犁已经离开了报社，但在心中还是颇有亲近之感的。网上还有一篇文章名为《小同事》，乃是孙犁的外孙所写，提到一个细节，乃是林谷很爱读孙犁的著作，每年年底皆向孙犁寄一张贺年卡表达祝福之意。孙犁每每有文章刊发，他都注意收集，并将这些文章传播给一些孙犁的老同事和朋友。林谷写过一篇《〈耕堂读书记〉随想》，认为孙犁读古籍，"能在对这些普通古籍的徜徉之中，举明烛而独步，化平凡为神奇，独具慧眼地翻出新意来，使人耳目一新"。此文孙犁读过之后，曾对他的外孙说，林谷读书"很下功夫，写的文章挺好"。

　　毫无疑问，林谷对于孙犁的作品是极为喜爱的，他多次表达自己的这种偏爱，认为孙犁"文笔纯净、洗练而又清丽，极具语言之美，而且弥漫于字里行间的忧患意识和对于美好生活的憧憬，让我读后每每掩卷而思，叹为一绝"。他甚至把孙犁与鲁迅、周作人、郑振铎、黄裳、谷林等人的随笔文章，作为对于每一位爱书写书人的"一笔极其珍贵的精神遗产"。但我读林谷的文章，认为其尊崇孙犁，其中还有更重要的一个原因，这在文章《〈耕堂读书记〉随想》的开篇中就已经言明了，"从青少年时代开始，孙犁不仅人生道路受到鲁迅伟大精神的感召，就是他的读书生活与创作实践也都直接师承鲁迅。作家孙犁正是鲁迅所赞赏的那种善于思索、勤于思索的读书人，而《耕堂读书记》则是孙犁精心读书后凝练而成的闪光的结晶"。从这个角度来说，林谷在卷首位置来推崇孙犁，不仅仅是孙犁的文学造诣，其实他更是将孙犁作为鲁迅的传人来看待的。林谷敬佩孙犁在精神上呈现的勇敢、孤傲与洁身自好，并将此认定为一种非常珍贵的精神遗产，他的这种思考，代表了当代读书人的一种固有的精神思维，也更代表了其对于鲁迅遗产的一种继承。

需要注意的是，林谷在《钓台随笔》的后记之中，提及了鲁迅、周作人、郑振铎、孙犁、黄裳等人留给我们的"精神遗产"，在强调其"极其珍贵"之外，又特别指出："我们又如何才能将它们化为自己的血肉，并铸成各具风格的文字呢？"因为在林谷推举的这些作家之中，他们的人与文，以及由此传递的思想、义风、观念，都有着极大的互相冲突之处。诸如林谷推举作家孙犁，随后他又在卷二编选了六篇谈周作人的文章，并毫不掩饰自己对于后者文章的深深喜爱。但值得注意的便是，孙犁不止一次曾强调自己对于周作人的厌恶，而这种态度主要还是来自精神上的。有趣的是，在议论孙犁的文章中，林谷于推举之余，却也不止一次指出其人与文的缺憾之处，如在《布衣孙犁》中就提出孙犁"虽然也有很高的文化造诣，也接受了革命思想，但纯朴直拙的农民意识还是根深蒂固，无所不在"。又如在《走近孙犁》中也曾指出："他站在一个哲人的高度，用一种明智的、忧患的眼光，观察着、思索着新时期社会生活所发生的一切，他本能地向往光明，因而一往情深地讴歌人间一切美好的东西。他对丑恶有特殊的敏感，一旦发现，即拍案而起，毫不留情地加以鞭挞，而且往往显得有些激动。"并由此进而指出："孙犁是个感情极其丰富的人，这就难免流露出他性格柔软的一面，这就是为什么在他字里行间会时而传出一种忧伤的调子。"

虽然林谷喜爱孙犁的文章，但隐隐也有着一种保留，且在点滴的批评之中，谈出了孙犁作为作家比较感性的一面。孙犁与鲁迅、周作人等"五四"一代作家的区别，在于其没有系统接受过现代文明的洗礼，其认识问题的态度多以感性的道德评判为出发，这或许正是其最大的不足之处。诸如《布衣孙犁》一文中，写及"文革"之后，孙犁本来勉强答应了去北京座谈改进文艺工作的邀请，但应该动身的那天，他却"若无其事地在自家窗前修剪豆角，侍弄花架"，并借口"头昏"而没去参加。林谷非常欣赏孙犁的这种狷介，这也是中国文人所独有的一种风骨，但深思却也并非合乎情理。在《孙犁读史》一文中，林谷引及评论家林贤治对于孙犁的一段评价，乃是"孙犁提倡晚年阅读和写作古文，文字入于艰涩一途，思想大为挫减，简直退回到故纸堆里去了"。林谷对于林贤治的评价不以为然，但由此也能看出林的批评，乃是以现代知识分子作为参照的。由林谷对于孙犁的态度，可以看出其闪烁不定之处，他虽然对于孙犁非常崇敬，也暗暗感到了一些不足，但这些却又都是一种模糊的感性认识，尚没有上升到理性的基础上来对待。加之与孙犁的亲近感情，这些感性的思考也便如灵光一闪而消逝了。林谷在书中随后又写到了他特别欣赏胡适的宽容与周作人文章中的"情理"，显然与其对孙犁的评价存在着矛盾。

如此再来看《钓台随笔》中的另一篇文章，不知道能不能算是找到了一种答案。林谷在《亲近房龙》一文中谈及："在我的读书生涯中，最能引起我由衷喜欢的是这样一些作家：他们的魅力不是来自他们头上的种种桂冠或光环，而在于他们都有一颗忧世悯人的心，有宽厚坦诚的胸襟，和通达明智的思想，当然还少不了一支使人可醉可痴的笔。尽管他们当中有些人离我们已很遥远，但他们的思想和感情仍然与我们当代人息息相通，不时地使我们激动，使我们共鸣。一言以蔽之，我对这些作家的感觉不是崇拜，而是亲近。"林谷说他对于写出《宽容》的美国通俗历史作家房龙，就是这样一种"亲近"的态度。那么如果再返回来观察他对于自己喜爱的几位现代作家的评判，对于孙犁与李霁野，可以说是有一些崇拜的意味了，其中更多有一种精神与道德上的认同，以及一种情感上的熏染；而对于诸如周作人、胡适等他也很为喜爱的作家，则与对待房龙的态度一样，乃是一种"亲近"的感觉，更多地认为他们的思想和感情与自己有着"相通"之处，即在理性上更为欣赏他们忧世悯人的心，宽厚坦诚的胸襟，通达明智的思想，还有一支使人可醉可痴的笔。

二〇一八年一月十四日

苍苍横翠微

——董桥散文杂识

　　文章写好不容易。如果篇篇皆好，则是难上加难的事情；而若几十年来平均每周都要作文一篇，那则更是非同寻常，乃或堪为奇迹了。印象中董桥就是这样的一位作家，他曾先后写就了近两千篇的文章，开设过"英华沉浮录""苹果树下"等多个很有影响的专栏，可谓笔耕极勤，著述颇丰。可惜年来他以《珍重》为文，向读者告别，也向自己经营多年的小品专栏道别。之前的董先生，每周一篇的专栏文章，早已成为海内外很多华人读者的一种期待。如今，这道清雅的文化风景终于也成为旧时的一抹月色。却顾所来径，苍苍横翠微。董桥乃是香港文化的一道独特风景，也还是中国文章的一种别样风流。记得黄裳曾说过，要写文章不难，难的是找到合适的话题。想来几十年风雨，他是早已写过了自己想写的内容。但我也期待先生笔健人更寿，也能如黄裳那样老而弥坚，笔耕不辍。相比黄裳，董桥虽不及其深邃与厚重，却视野更开阔，思想更现代，情调也更为优雅。我爱黄裳，也喜欢董桥，并对他们持续不衰的创作由衷地艳羡。

其实，追寻和探究有关董桥的文章之道，我以为不妨应从其自编的文集入手。董桥自编文集总计近三十种，其中除去几册话题相近的文集之外，其他集子大多都是每隔一段时光，便将专栏文字集结而成，也多是篇幅不长的小册子，这做法真有些知堂老人的风味。但我以为，寻味董桥的文章之妙，还是不妨从他的这些话题较为一致的文集着手，诸如之前共计六册的《英华沉浮录》，还有随后的《绝色》《从前》《记得》《白描》《故事》和《小风景》等集子，都是就一种相近的话题来展开的。有了感兴趣的话题来谈，加之多年的文化积淀和修为，文章写来便自然不成问题。如此多年耕耘，竟也蔚为可观。记得最早读董桥的文集是《英华沉浮录》，内地初版以《语文小品录》为名出书，也是恰切。《英华沉浮录》原系董桥所撰写的一个同题专栏，但现在看来也是最见神采。后来的《绝色》和《小风景》，则见其情趣和识见；而《从前》与《记得》等集子，则显出沧桑与老辣。

读书多与追求相关，我初读董桥，正倾心文章之道。董桥的这册《英华沉浮录》探讨的恰是这样的一个问题，而且他所关注的问题更为超前和现代，因为那些问题都是在香港这样华洋杂处的现代情景之中。在我看来，写作《英华沉浮录》时代的董桥，更有几分评论家的意味，他的这些文章常常从读书读报中寻找话题，或赞赏，或指谬，或谈自己的见解，都是颇有见地的杂文短章。仿若香港文化的啄木鸟，又若是中国文化的布谷鸟。香港真是一个独特的地方，在这里，广东话、普通话和英语互相交织，形成了一种特有的文化风景，但在董桥的眼里，则是他对纯正的传统汉语与典雅的英语魅力的叹服与评析。最典型的，莫过于他对夏济安翻译的《名家散文选读》（*A Collection of American Essays*）的赞叹，乃是"中英文富可敌国，进出衣香鬓影之间应对得体，十足外交官风度"。夏济安是杰出的学者，英语和中文造诣皆深，他翻译的《名家散文选读》既得汉语文章的典雅精简，又得英语文学的神韵妙境，即使略有瑕疵，也是"珠玉纷陈之中不忍心在小处挑剔了"。

虽说董桥不是诸如夏济安这样专业的研究者，但在他的只言片语中，却能发现两人的暗通款曲之处。早年董桥也曾因谋生而做过翻译的差事，又曾在英国伦敦的亚非学院坐过冷板凳，对于英国的语言文学下过很深的功夫，故而能深得英语文学的妙处。他多次坦言，写好中国文章，熟悉一到两门的外语是很有益处的，为此，他极为欣赏诸如夏志清、乔志高、刘绍铭、金耀基、余英时这样十分现代的"国际型"学者，皆因他们能够在中西文化之间自由地游弋。在董桥的文章之中，一个非常典型的标志便是他引用英文华章的精彩片段，往往是直接引用原文，不做翻译，或只作评点，竟颇有些相得益彰的味道。他解释说这便是英文要有英文的味道，若译成中文就变调了，失去了本身的音乐感。黄子平编选董桥文集《旧日红》，也曾注意到这个特点，他说董桥是绝不放过同时呈现两种文字之美的可能，乃是给自己立标准，依了这内在的标准，方能笔顺无滞碍，写得自由自在。可以说，董桥的理想读者，应也是能够熟悉中英两种语言文化的同道之人。

董桥早年写书话，写文评，写随笔，笔底有知堂的风味，也有兰姆、伍尔夫、毛姆这样的英伦神韵。在董桥的文集之中，有关谈书的文章颇为不少，诸如他谈书的作者、内容、观点，更谈书的装帧、版本、插图以及藏书票等，皆有趣味也有情调。知堂的书话文章多注重明清笔记杂著、风俗旧谈，也常有提及域外书籍，但可谈的又多不是常见的大路货，却能给人以知识和情趣。董桥的书话文章便是以谈英伦旧书为特色，最为代表的便是他的集子《绝色》。此书以一文一图的形式写了自己所藏的英国文学的旧籍与珍本，许多还是十分少见的版本，令人赏心悦目。用"绝色"来称赞这些珍藏旧书的版本和装帧，乃是十分恰切的。诸如他曾津津乐道的一册一九一〇年版的《鲁拜集》手抄影印本，据言乃是莫里斯手工艺术的承袭，描金七彩花饰描画起首字母再配上彩图，十分考究，用他的话来说便是"堪可止渴"。在我的阅读视野中，当代能作西文书话者不少，但藏有诸多西文珍本并写一手漂亮文章的人，还是少见的。

愈到晚岁，董桥则更恋慕旧时的文玩。我读他文章，印象深刻的是他对于张充和的书法、溥心畬的国画、梁启超的遗墨、沈从文的条幅等文人笔墨的欣赏和赞叹，由此后来甚至写他所收藏的一些文房小品，并以一文一图的形式出现在专栏之中。诸如书画、木刻、竹器、漆盒、铜雕、玉器等等，也都是文人把玩的小物件，精致清秀，令人爱慕。对于董桥来说，每一种文玩都是一种生命，一种经历，一种文化，一种寄托，于是在他的笔下一一道来，晚岁董桥这样的文章写得最多。其实，董桥并非专业的鉴赏家，也并非倾心文玩旧物的老学究，他笔下文字是对旧时月色的喟叹与爱慕，也是对逝去文化的追怀与思恋。专门集结成册的文集便有《小风景》《一纸平安》和《墨影呈祥》等多种，后来他的诸多文集中，这样的文章也占去了很大的比重。友人张瑞田研究书法，曾写过一篇文章为《董桥谈字》，以为董桥若具体谈论书法，便常会有破绽，不过其间却闪烁才子的灼见，有些还堪称"当代书论的华彩乐章"。想来董桥谈艺，乃醉翁之意不在酒也。十年劫难之后，"值得依恋的正是这些残留的旧时月色"，他爱的不仅仅是物质，而是物质所承载的传统精神。

董桥还有一类文章，也是款款深情，个性鲜明的，这便是他写的忆旧之作。在董桥自编的文集中，除去谈收藏文玩的短章，忆旧的文章也占有很大的比重。此类的集子，在于董桥则有《从前》《记得》《白描》等多种，值得注意的是，深圳作家胡洪侠选编的《旧时月色》和《董桥七十》，也是以追忆抒怀为主的选集。都说人年老会恋旧，回忆是老年人的一件重要的人生内容。董桥也是如此。忆旧应是有资本的。董桥生于福建，长于南洋，台湾求学，伦敦客居，最后在香港定居，可以说见多识广，阅历丰富。他曾担任过香港多家影响甚大的报刊总编辑，也能得以阅人无数，从而成为自己珍贵的谈资。但读董桥的忆旧文章，不难发现，他对于曾经求学台湾的老一辈学人的怀念，诸如他的老师苏雪林，有过一面之缘的胡适，还有梁实秋、台静农、徐讦、林海音等这样经历过"五四"洗礼的旧时文人更是追念不已。也对于自己后来从事编辑工作而得以结识的诸如余英时、夏志清、聂华苓、林文月、吴鲁芹等文章高手，充满了温情与敬意。

　　不过，董桥并非只写那些清贵的文化名流，他所写的那些隐没民间的文人，也是令人喟叹的。诸如《亦梅先生》《云姑》等篇章，均是写亲人故友的人生，他们的爱好，他们的追求，他们的人生以及他们的命运，背后更是一种文化的衰落，一种世道的叹息，以及一个国家和民族命运的苍黄之变。他们大多由大陆到台湾，到香港，或流落到海外，折射出文化与自由共生之下的不安与苍凉。这些人物在董桥的笔下，平凡，但不平庸，因为亲密，又或者熟悉，故而写来往往得心应手，许多细节之处惟妙惟肖，既生动又显出文字雕刻与白描的精深功夫。诸如他笔下的薇姨，从泉州到香港，干粗活、做下女，没想到他偶然听到了薇姨弹奏肖邦小夜曲的钢琴声，灵巧又婉约；还有他笔下的云姑，流落海外，命运多舛，但倾心的依然是契诃夫笔下的短篇小说。由此也记得他曾在《寂寥》一文中有过这样的感慨："他们的笑声和泪影，毕竟也是不带繁华的笑声、不带璀璨的泪影。他们的故事，于是也只能像乾坤几笔写意的山水：传统的安分中透着潜藏的不羁，宿命的无奈里压住澎湃的不甘；纵然是刹那的魅力，预卜的竟也是阶前点滴到天明的凄冷。"

二〇一四年七月一日

旧派人的风雅

　　董桥的书名起得真好。广西师范大学出版社出版"董桥文存",最先推出了他的两册文集,分别是《青玉案》和《记得》。"青玉案"是宋代词人贺铸的一首词牌名,他在《〈青玉案〉散记》中写到这册书名的来历,也是那么的优雅和浪漫,"那几天春雨连绵,春寒不散,我深宵悠悠忽忽读了一些宋词元曲,雨声越听越密,怀旧越怀越深,这本新书的书名索性借用贺铸名作词牌《青玉案》"。《记得》则来自亨利·米勒的那本 *Remember to Remember*,也是在整理书稿的时候,"是圣诞前后的一个清晨,我睡醒忽然想起亨利·米勒,想起《北回归线》,想起 Leonora 骂我读米勒的书,想起那本 *Remember to Remember*"。董桥的这两册文集的书名,一古一今,一中一外,可见他在细节上的用心,总是那么精益求精、费尽思量,也见他博览群书,雅趣十足,总也能够顺手拈来，皆是十分的漂亮和妥帖。

董桥爱书成痴，既喜谈文采、思想与内容，也津津乐道版本、形式和装帧。他自己的著作出版，更是十分讲究。在这套"董桥文存"的总序中，他开篇就谈自己对于藏书的形式、版本与装帧的偏好，"上星期英国朋友替我找到丁尼生三本诗集，一八二七、一八三〇和一八三三的初版，著名书籍装帧家利维耶旧皮装帧，深绿烫金色花纹，三本合装在黑皮金字书盒中"。近些年，董桥的新作几乎都是由香港的牛津大学出版社出版。每一册著作也都堪称藏书中的精品，赏心悦目至极，备受爱书人的青睐。在《〈青玉案〉散记》中，他写自己在电子时代来临，依然对纸本书籍的顽固坚持和用心，"我每年出文集总抱着做一本是一本的心情，总想着装帧得考究些，好让几十年后的知识人像收藏古董似的珍而藏之"。在这套新出版的"董桥文存"的序言中，他甚至调侃起自己的纸本情结了，"都说老头子都倔，电子狂风都吹斜了我的老房子了，书香不书香挑起的事端我倔到底"。

这套"董桥文存"出版社请了知名的设计家陆智昌亲自操刀。小开本，精装，布面，书名和作者名都是烫印的细圆黑体字，整个设计极简洁，极雅致，也极纯粹，据说董桥自己也是很满意的。这样美好的装帧与董桥精致优雅的文字配合，才是恰到好处的优雅书事。都说董桥的文字精致，其实我早也爱读，但只是喜欢偶然读读他的文章，不必要正襟危坐，也不必用功钻研。他的文章太适合随手翻阅，读完一篇即可，其他的应回头再慢慢消受，不必一口气统统读完的。这缘故也大约是他的文字太过雕琢，往往千余字的短文，便处处可见匠心。编辑家辜健说董桥对自己的文章，每每都要改上六七遍方可的，而董桥自己说他的文章往往是临近发表，甚至是出版前夕，还是一改再改的。我估计如此用心，六七遍也是远远不够的。因此，读董桥的文集，一个明显的特点便是篇篇皆佳，布置整齐，几乎很少有参差不齐的败笔，也难怪他曾说不后悔自己所写下的每个文字。

董桥的文字雅致，既有明清小品的余韵，又深得英国随笔的精髓，但也还有几许新闻通讯的气息。不妨细读他的小品文字，大多都是开门见山，甚至先是提纲挈领，一语中的。还有，他的文章也常常言之有物，绝少故弄玄虚，这或许都是新闻通讯的基本特征。想来董桥先后在数家香港的新闻媒体负责编辑工作，难免也会沾染上几许媒体人的笔法，针对性、时效性、可读性都很强，但也有模式化、类型化甚至是快餐化的倾向。好在董桥的功底扎实，底蕴也厚，视野更是开阔，他还能够熟练操持中英文的语言技巧，融汇了中西文化在文字表达上的许多优长，特别是将英文表达的特点融入汉语写作之中，多少也弥补了不少的文章短处。为此，我读董桥的散文，便常常会想到英国学府式文章，学者王佐良对此便有过精彩的议论："他们心中的好的散文风格是言之有物而又有文采。他们也一般的支持平易，但又必须是文雅的平易。"

真是有些矛盾的意味。他本是江湖有名的新闻人，但却总是自称为旧派之人。董桥在序言中说，旧派人应该做些旧派事才合适。或许新闻只能是历史的草稿，对于董桥总是有些不甘的，不过他的旧派做法我倒是很羡慕的，诸

如读书论人，那些现代以来的经典作家和学者，特别是
"五四"一代文人的身影，真是被他写得令人心魂荡漾。
那些或远或近的背影中，都有被他触摸到心灵深处的沧桑
与浪漫。诸如在《青玉案》中，他所叙述的人物便有林语
堂、陆小曼、徐志摩、王云五、周绍良等，个个都是风流
人物；而《记得》一书中，也有梁启超、任伯年、周作
人、沈从文、张充和、董其昌、余英时，最年轻的一位，
还是请他写序的香港明星林青霞，但即使这样的新派人
物，他也不忘记那其中优雅与怀旧，"纵然不是同一辈的
人，她字里行间的执着和操持我不再陌生，偶尔灵光乍现
的感悟甚至给过我绵绵的慰藉：我们毕竟都是惜福的旧
派人"。

　　旧派人自然迷恋那些浑身旧派韵味的人物，但也迷恋
那些沾满了历史沧桑的旧物与旧事。在这两册著作中，董
桥写他收藏的书房文玩，并非都是价值连城的奇珍异玩，
但几乎每一个的后面都掩藏着岁月的刻痕，也弥漫着历史
光阴的陈旧情调。在《青玉案》中，他谈清代的紫檀嵌百
宝笔筒、明代象牙浅雕雅集图笔筒、清代紫檀书函式文具
匣、宋代青铜卧狮、汉代错金银博兽铜镇、战国方形管状
玉器、六朝青铜辟邪砚滴等；而在《记得》中，所谈论的
又有清代紫芝水丞、清代黄花梨嵌百宝花鸟笔筒、明代牛
衔灵芝铜镇、董其昌绢本、张籍《梅溪》诗、周作人《儿
童杂事诗》立轴等。董桥将这些文玩的图片插录书中，与
这些文字搭配来读，也是相得益彰和让人赏心悦目的优雅
之事。在这些文章中，他写自己多年收藏这些文玩的往
事，也记它们辗转人间的命运，几乎每篇文章都涉及旧物

与旧事，似乎它们都是能够穿越历史迷雾的凭证，不只把它们光华的风流与美丽流落在人间，更待后来者去赏析、慨叹、追寻和纪念的。

二〇一一年八月

好书似美人

香港牛津大学出版社出版董桥的《绝色》我期盼已久。如今广西师范大学出版社引进出版，我买来一读，果然爱不释手，好几天放在手边，自己都觉得清雅了很多。不过，牛津大学出版社的版本采用烫金花纹的精装皮面来装饰，内容也是文图并茂，既有古色古香的绘画插图，也有他收藏的珍稀旧籍的绝色剪影，可谓赏心悦目至极。广西师范大学的版本虽也是小开本的精装，内附彩图插页，但硬纸壳式的封套相比牛津大学的版本来，还是逊色了许多。我总觉得牛津的版本是照着董桥喜欢的英伦旧籍制作的，又精致气派，又优雅别致，正如他所喜好和收藏的那样精妙绝伦："我书房里那些漂亮的皮装老书倒是我永远依恋的绝色，那本一九一〇年出版的《鲁拜集》手抄影印本算是莫里斯手工艺术的承袭，描金七彩花饰描花起首字母再配上彩图十分考究，堪可止渴。"

牛津版《绝色》书影

"绝色"是董桥的一个文章名，谈他收藏的英国画家Mark Severin 的春画藏书票，非常漂亮，流传极少，堪称是"绝色"。后来董桥陆续写了一批集藏英伦旧书的文章，索性便给文集也取名为《绝色》。我总觉得"绝色"形容美人才合适，但爱书人见到又精美又稀少的好书，用"绝色"来称赞，也是恰到好处的。好书似美人，不但装帧要好，内容要好，文字要好，见识要好，当然连书名也要起得好，就像绝色的美人一样，处处都要有风韵，让人一见便有浮想联翩的感受。董桥不愧是文字的高手，也不愧是精致老到的旧派文人，处处都可见他的用心，处处都有他的情趣，即使略有瑕疵也不怕。电子时代是快消费，不怕简单朴素甚至是寒碜，怕的是没有耐心和缺乏精致的追求。

都说董桥的文字有清气，也有绅士气，想来清气是因他爱读民国文人的文字，与传统文化的气息连接上了厚实的底气；绅士气则是他曾在英伦岛上浸润文化多年，深受英国诸多文学大师的影响，连文章的气味也沾染上了英国文人的个性与风度。写文章有这样历练和水准的人，实在不多，周作人、林语堂、钱锺书、梁遇春、梁实秋、朱自清，哪一个不是文章的大家。要不，董桥写起文章来还是那么的挑剔，他在文章《沃尔顿的幽魂》中批评大陆将 *The Compleat Angler* 多译为《高明的垂钓者》，连复旦大学教授陆谷孙这样的名家编撰的《英汉大词典》，在"沃尔顿"条也译为《高明的垂钓者》，而在"Compleat"条却又译为《垂钓大全》。董桥批评："沃尔顿似乎不会怀抱'高明'那样浮夸的志向，《大词典》新版也许应该统一《大全》的译名。"

沃尔顿的 *The Compleat Angler* 是名著，我恰巧也读过。董桥批评得很对，翻译成《高明的垂钓者》实在是不妥，但翻译成《垂钓大全》也令人感到不佳，毕竟沃尔顿的这册著作不是关于垂钓的工具用书。再说，连董桥自己介绍这本书的内容，也是颇为有趣的，与我初读时的感受十分相似："这部书分二十一章，记三两人物漫谈垂钓之技与垂钓之乐，历代文评家都说全书弥漫古典田园诗的氛围，说沃尔顿的散文恍如一片空气一片露水一片阳光。我读这本书倒读不出那么缥缈的美感。初读专挑钓到大鱼又吃又喝又唱歌的段落大感滑稽；再读读出老祖母的智慧絮语，絮语中又穿插沃尔顿零星的渊博，仿佛河流上的落英那么轻灵那么萧疏，毫不矫情，毫不炫耀，甚至毫不文学，无怪乎他的朋友大诗人华兹华斯说此书传世传的是其人其文之仁心妙手。"

我读的 *The Compleat Angler* 汉译本是大陆花城出版社的版本，由北京大学毕业的学者缪哲翻译，取名《钓客清话》，真是既古雅又闲散的书名，十分难得，让人想到叶德辉《书林清话》中的那份情趣。缪哲的译文颇得古典英文的神韵，又有汉语文学的魅力，想必董桥读了也会称赞的。董桥收藏的这部 *The Compleat Angler*，系"a beautifully printed Nonesuch edition of 1929"，也就是既古旧，又漂亮，印数还十分有限，一千一百部在英国发售，五百部在美国发售，手写编号，他的这册是一千二百〇六部。太难得了，这册《绝色》里写到的都是这样的"绝色"好书，诸如一八二八年出版的《原富》、英国插图大师赖格姆（Arhur Rackham）画插图的《安徒生童话集》、英国一九二三年初版且仅印四百六十本的艾略特诗集《荒原》、一九一〇年伦敦出版的描金七彩图版《鲁拜集》，如此等等。董桥真幸运，见识也很不凡，否则那么珍贵的好书，未必都有缘分带回家。

二〇一二年三月

好书美如斯

《绝色》二〇〇八年由香港牛津大学出版社出版，小开本，深蓝色的封面，厚厚的一册，像辞典。董桥晚岁的图书首版几乎全部在香港牛津大学出版社出版，皆由出版人林道群操办，享受的是少有的尊贵待遇。我曾问过一位专门从事现代图书装帧研究的作者，能不能找到一位在图书装帧、内容、出版、印刷、编辑、设计皆佳的代表，他略有沉吟，告诉我，牛津大学出版的董桥著作可能达到这样的标准。董桥此册《绝色》的装帧，初看似也平常，其实却是别具一格的，全书用皮面作封面，四角皆印有金黄色的花纹装饰，内文则是一文配一插图，且插图均用彩印，尺幅虽不大，但效果极佳。初次见到此书，或有一种西方古籍的感觉，典雅沉厚，或许这正是董桥对于此书的一种追求。我后来还买到由广西师范大学策划的一套"董桥散文系列"，其中也有这册《绝色》，由知名设计师陆智

昌操刀设计，也是十分雅致的，但却全无这种触手如旧的
感觉。

　　我收藏的董桥的所有著作之中，这本牛津版《绝色》
颇为我所喜爱。此书二〇一二年购于北京的三联书店，港
币标价多少不记得了，只记得标价的人民币是九十九元。
我喜欢董桥此书，除了装帧的特别之外，还有董桥所谈内
容的兴致。此册所谈均为珍稀少见的外籍旧书，董桥在后
记中这样写他的这册集子的缘起："二〇〇七年晚春编完
《今朝风日好》，我忽然很想写一本搜猎英文旧书的书。我
在书房里慢慢整理几堆书堆，乱得真像乱叠的青山，花掉
几个深宵似乎还梳理不出头绪。"我读此书，也是可以看
得出董桥的文学趣味和爱好的。诸如在《英国首相的礼
物》中，他这样写自己读外文书的因缘："少年时代在南
洋拜识的王念青先生是留学荷兰的建筑师，在英国也住过
好些日子，常说诗歌读济慈，小说读毛姆，散文读蓝姆，
我的第一本《伊利亚随笔》是他送给我的小开本。"

　　这册《绝色》，可谓有三绝，其一是这些旧书都是经
典大家所留止的绝佳之作；其二是所谈旧籍版本少见且装
帧极佳，堪称绝色；其三则是各书的诞生、流转以及最终
被收藏，均有非凡的经历和遭遇，也堪称是绝品。董桥自
称是老派人，喜欢传统，热爱经典，读此书正是一个很好
的体会。诸如对于作为经典的《鲁拜集》，他就收藏了一
八九八年的小开本，再收一九〇五年的袖珍开本，又收了
一八九八年英国著名书籍装帧家 Bayntun 重装的红色书皮
本，一九〇五年由老字号 Riviere & Son 重装的蓝色书皮
本和一九〇五年杜赖克画插图的大开本布面精装本也陆

续收入囊中。在写作此文时，他说新近又收了由 Bayntun-Rivirer 重装的绿色书皮本，而这家公司则是由上两家公司重新组合的。最令他惊喜的则是一九一〇年由伦敦 Siegle，Hill & Co. 出版的版本，此书由 E. Geddes 画插图，A. Sutcliffe 手抄，且扉页上注明 "Written and illuminated by F. Sangorski and G. Sutciffe"。

读过董桥的这册著作，最大的感慨便是经典的作品都是应该有好的版本，好的品相，好的装帧，它们值得人们这样去费心思去创作、收藏和议论。也便是因此，在这册书中，仅翻翻目录，就可以知道董桥的收藏，诸如一八二八年的《原富》，英国初版本的《荒原》，一九二九年美国初版本的《战地春梦》，以及被英国巴斯 George Bayntun 装帧作坊重装了的初版本《一九八四》和《动物庄园》，等等。不过，我读他写自己阅读和收藏奥威尔的经历，也见出其中的趣味和见识。他说自己当年在英国伦敦工作时读奥威尔，其时马克思主义学说在学院里正好掀起一些讨论的风尚，他自己倒是认同 V. S. Pritchett 对奥威尔的看法，"情愿相信奥威尔的思想接近《鲁滨孙漂流记》的笛福 Daniel Defoe，一个性情叛逆的爱国主义者，用浅白的文章煽动反抗独裁建制，靠政论小册子的篇幅描绘平等大社会的远景。奥威尔单纯的信念难免经不起现实政治的推敲也经不起学术理论的化装。他从来承认他只是个热心的政治评论作家，是民主社会主义信徒，拒绝政党标签，痛恨极权政体，对俄国革命对史太林都是彻底幻灭"。

关于这册《绝色》，我在二〇一二年买到广西师范大学和香港牛津大学的两个版本后，也曾在读后写过一篇随笔文章，除去感慨董桥文章的趣味和精致之外，我在那篇文章中还议论了此书中的第一篇文章《沃尔顿的幽魂》。董桥在那篇文章中谈及了他收藏沃尔顿的著作，乃是一九二九年出版的名为《沃尔顿大全》的版本，金字书皮，竹节书脊，毛边，并有 T. L. Poulton 画的八张工笔淡彩鱼类插图，且仅有一千一百部在英国发售，五百部在美国发售，手写编号，他买到的是第一千二百〇六部。他在那篇文章中还批评内地的辞典中将书名 *The Compleat Angler* 译为《高明的垂钓者》并不高明，觉得应统一译为《垂钓大全》。恰巧我读过花城出版社出版的一册译本，名为《钓客清话》，系浙江大学教授缪哲先生翻译，以为此一名称既古雅又闲散，颇为合适这册古书的境界，又能让人想到叶德辉《书林清话》的那份情趣。想必董桥写作此文时或许未曾知道这个译本，故而我还推荐了缪哲先生的译文，乃是"颇得古典英文的神韵，又有汉语文学的魅力，想必董桥读了也会称赞的"。

这篇文章在北京的报刊发表后，又收入我的随笔集《书与画像》之中。二〇一三年十月集子出版后，我连同发表的报纸一起寄赠了一册给香港的董桥先生。想来也是多事，书信寄出后便有些自作多情的担忧。但颇为意外的是，此年十月下旬寄出，十一月中旬我便收到了董先生从香港东九龙寄来的一封航空挂号信。果然是老派绅士，讲究礼仪，维护传统，书信写在一张特制的小小卡片上。信中感谢我寄赠新书，并道及书中我谈及他的文章乃是夸赞，在他是愧不敢当的事情。对于此书，先生也略有评价，乃是："各文都写得很好看，深宵拜读，获益良多。"

航海先生

　　来信和大作書與
畫像收悉，謝々。
書中取景蕪雜、塊
不敢當。各文都寫得
很好看，運筆釋讀，
蘊意良多，至事已大，
寫得少了，只有多讀好
書。匆々。順頌
冬安
　　　　董橋手上
　　二〇二三年十二月

董桥先生致作者信札

我知道这都是他的客气话，先生没有怪罪我文章写得浮浪就很不错了。这封信的内容以竖排写成，钢笔字深浅相间，清秀也雅致。想起他在《绝色》中的文章《书信：书和信》中提及的那份情致和心境，真是恰合我意："我们的前辈不一样，一手书法一封短笺无不精致典丽，跟矜贵的古董一样矜贵，一辈子写的信永远装信封，贴邮票，投邮筒，收到他们的片言只字简直如收到一份典丽的厚礼，太高兴了！"

二〇一六年三月二十六日

燃灯者

——《海滨感旧集》及其他

　　郑朝宗的杂文集《海滨感旧集》一九八八年六月由厦门大学出版社出版。我拿到这本书，才知道原来只是一本薄薄的小册子，但全书看来倒是分外雅致。此书为小三十六开本，十万字，总计才一百九十三页，初印一千五百册。我买这册旧书的缘故，乃是偶然在二〇一六年四月十一日的《文汇读书周报》上，读到了一篇浙江大学哲学系应奇教授的文章《太老师汪子嵩》。这篇文章写的是作者的老师范明的老师汪子嵩，这倒是使我想起我的研究生导师陆文虎的老师郑朝宗先生来了。我虽然早知道郑先生，也读过相关郑先生的纪念文章，但从未读过其著述，于是便在旧书网上买了先生几乎所有的著作，当然包括这册《海滨感旧集》。读应奇先生的文章，也非常赞同他的关于"太老师"的这个说法，他说："太老师者，老师之老师也。除了'无师自通者'，不管当事人真'通'，都有老师。而

郑朝宗《海滨感旧集》书影

只要自己的老师不属'无师自通'者，则定有太老师可'追溯'。"其实。这一"太老师"之说，正如应奇教授之所言，也应当不算什么"高攀"，只是中国学问的师生关系是讲究一种"传递性"的，而了解这种脉络，对于自己的学问人生会有更好的认识和判断。

倒是我读了这册《海滨感旧集》，竟有些吃惊和暗自得意起来。因为在郑先生的这册书中，很重要的一部分便是怀念自己的师友的文章，其中便有怀念当年他在清华大学外语系读书时的老师吴宓先生的文章。这篇《忆吴宓先生》中，郑先生说他曾听过吴宓的两门课，分别是"古希腊罗马文学史"和"中西诗之比较"，并评价吴先生为"中国讲比较文学大约以他为第一人"。吴宓是清华大学英文系的教授，曾受业于美国哈佛大学教授、新古典主义大师白璧德（Irving Babbitt）的门下，后因在清华创办和主持国学研究院而名闻天下，也因主持《学衡》杂志而被称为文化保守派。郑先生还说及了一个关于吴先生的特点，可谓别具深意，他说吴宓"总是胸怀坦荡，乃是以善意待人"，其中一点便是"身上毫无文人相轻的习气，喜欢赞誉同辈"，"他最敬佩陈寅恪先生，便'到处逢人说项斯'，浑不管会不会因此而自贬身价"。除此之外，我感到亲切并得意的地方还在于，今天对于吴宓的评价，已经出现了新的改变，而且重要的是，吴先生还系我的同县乡贤。我小时候便听说过吴宓的传奇人生，与其老家泾阳安吴堡的距离还不到一刻钟的路程。

关于郑朝宗先生，我曾经读陆文虎老师的著作《管锥编谈艺录索引》，便也曾读过郑先生为这册著作所撰写的序言。序言不长，但极有功底，给我留下了很深刻的印象，乃有"老一辈学人的见识和文采，都是后来者难以企及的"之感叹，更令我印象深刻的是，"郑朝宗作为陆文虎的老师，对于弟子开展学术研究的关爱与鼓励之情，洋溢在整篇序言之中"。文虎师一九七九年考入厦门大学，恰逢郑先生昔日清华同窗钱锺书的著作《管锥编》陆续由中华书局出版，先生当机立断，将他的研究生中的四人的专业由文艺理论改为《管锥编》研究，可谓很开风气之举。对此，我曾写过一篇文章《舐犊情深》，谈的便是这种为师授徒的风范："其时，郑先生也已是人到古稀的年龄，但对于培养后学，可谓激情不减。他带领这些弟子认真攻读钱锺书的《管锥编》，也悉心指导他们撰写毕业论文，并于一九八四年由福建人民出版社出版了他们的研究成果《〈管锥编〉研究论文集》，成为'钱学'研究的第一本论著。后来，郑朝宗的这几位弟子都与钱锺书保持了亦师亦友的关系，在'钱学'研究中也各有不同成就，这些都与郑朝宗的引领、支持与呵护是分不开的。"

关于为师之道，在这册著作中，郑先生还写过一篇《忆温德先生》，回忆的便是当年他在清华大学外文系读书时的美国教授温德先生。先生在文章中颇有感情地回忆说："他当时年近半百，仪表堂堂，毫无老态，且工于表情，同学们在背后议论他风度之佳不亚于美国著名电影明星克拉克·盖博。这当然无关紧要，令人敬佩的是，他不仅知识广博，而且有一种独特的教学方法，即不空谈理论，也不对容易理解的作品喋喋不休的肤浅解释，而集中精力于攻坚，把难度大的作品剖析得一清二楚。这说明他头脑敏锐，对所授作品有真实解会，口齿又伶俐，善于表达。"郑先生这篇文章作于一九八七年二月十日，其时先生已七十七岁，但回忆起温德教授，却是仿佛回到了青年时代。毫无疑问，清华大学的那些前辈和老师对郑先生的人生选择影响极大，他写温德先生，应还是有些自况的吧。郑先生在文章中记叙道："上他的课是一种美的享受，我至今闭着眼睛仍能想象他在讲台上富有魅力的讲演姿态。他真是一个不可多得的文学教师，虽然著作不多，而实际所起的作用却是难以估计的。"

由此，我又回想到了郑朝宗先生的晚年人生，"文革"十年灾祸之后，他的确也是在来日不多的时光里，把教书育人和传薪递火作为自己最大的寄托和使命。这本书中，有一篇文章非常令我感动，那便是颇为抒情的杂感《火》，我把这篇文章看作郑先生的一种人生的美好比喻。在这篇不长的文章中，郑先生谈到了火对于人类和文明的功用，也批评了那些"一见火势太猛，就大声几乎要用水泼"的态度。我最为感动的，则是郑先生的一番自我人生期待："我是个渺小的人，自幼怕黑暗也怕寒冷，常常希望自己能变成一只萤火虫，用尾巴上的微光照亮行程。然而做人不能只顾自己，好歹总得有个于人有益的职业。那么干什么好呢？埋头苦想之际，忽然记起了小时在小说上看到的伦敦街头的燃灯者。每当薄雾时分，街上一片昏黄，有时还带着浓雾，稀少的行人来去匆匆，生恐狭巷里跳出个拦路豪客。这时，忽然来了穿着号衣的燃灯者，立即街的一头出现了光明，尽管它还很微小，但已足驱散先前阴冷恐怖的气氛，使行人放下心来。我十分喜欢这样的职业，但愿一辈子当燃灯者，在力所能及的范围内把光和热输送给需要这两种东西的人。"

也因此，在这册薄薄的小册子中，除了关于回忆钱锺书、王亚南、彭柏山、王梦鸥、李拓之等前贤与师友的文章，我最看重的便是他所写的那些"薪火相传"和"授人以渔"的短文章，诸如《笔记与文风》《精读与博览》《书声》等篇章，便是教人更好读书和作文的经验之谈；再如《说"狂"与"妄"》《说"骄"与"傲"》《关于爱情和友谊的通信》，便是以人生经验谈如何处世为人的体会心得。我印象最深的，还有《书声》一文。郑先生认为："学习古典诗文，下点吟诵的功夫是很有必要的。"他在文章中深情地回忆了旧时在清华读书吟诵的美妙情景："那是由朱自清先生主持的朗诵古今诗文的书声大会，节目大约有二十几个，现只记得四个：即陕西泾阳的吴宓先生诵杜诗'风急天高猿啸哀'（《登高》），浙江德清的俞平伯先生诵杜诗'岁暮阴阳催短景'（《阁夜》），这二位先生的书声，一高亢，一平和，恰成对照；来自福建闽侯的历史系研究生陈任孙兄用方言诵李华《吊古战场文》，苍凉凄楚，一气到底，很有功夫；还有来自浙江永嘉的朱先生用普通话诵《给亡妇》，由于感情真挚，听来娓娓动人，如话家常。"

关于郑先生的这册《海滨感旧集》，对于我，还颇有一些可谈之处。此书我购自孔夫子旧书网，下单时见网上书店有一册郑先生的签名本，售价二百元。我当时本无购买签名本的特别爱好，但此签名本一九八九年三月送给一位蔡先生，并不具全名，想来郑先生既然算作我的"太老

笔者收藏此书的扉页有印章"谢泳藏书"

师",保存一份有先生手泽的著作,也是一种问学的缘分。待这册小书快递来,才发现此书环衬不但有郑先生的签名和印章,而且封面和扉页的书名题签都是钱锺书的手迹。在扉页的底部,还盖有一枚藏书印,我对于篆刻素无研究,于是便把这枚藏书印拍成了照片,用微信发给了一位专门研究书法和篆刻的朋友,不想他很快就回复,说此四字为"谢泳藏书"。这让我很有些吃惊。那位朋友问我谢泳为何人,我立即回复,说谢泳乃是知名学者,学问好,文章佳,藏书丰,更为关键的是,谢先生还为我的一册著作写过序言呢。这位朋友立即回复,说此为书缘也。这本旧书虽与我有缘,但谢先生现任教于厦门大学中文系,也在研究"钱学",如果还需要这册书,我是愿意寄给他的。

二〇一六年四月十五日

舐犊情深

偶然在旧书店淘得陆文虎编著的《管锥编谈艺录索引》，厚厚一大册，精装，中华书局一九九〇年出版，序言是郑朝宗所写。研究钱锺书的著作，陆文虎的这册《管锥编谈艺录索引》是很有必要翻一翻的。短序不长，我很快读完，深觉老一辈学人的见识与文采，都是后来者难以企及的。更令我印象深刻的是，郑朝宗作为陆文虎的老师，对于弟子开展学术研究的关爱与鼓励之情，洋溢在整篇序言之中。在文章中，郑朝宗不但谈到了编写索引对于研究钱锺书的重要意义，也谈到了陆文虎编著这部著作的艰辛与不易，还对这册著作只索引钱锺书本人的文字，而对钱锺书引文中的相关人名、书名与篇名一概从略，进行了必要的说明和辩护，读后令人颇感心热。他评价弟子陆文虎的这种做学问的特点，乃是"勤谨笃实，不走捷径，不尚空谈"；而论及陆文虎做学问的精神，乃是"脚踏实地、锲而不舍"，且"在这方面树立了一个榜样"。这样的评价，实在不低。

然而，如今若不是专门研究"钱学"这个艰深僻冷的学问，估计"郑朝宗"这个名字是少为人知的。我读过几册关于当代学人治学与师承的书籍，郑朝宗皆没有提及，这是十分遗憾的事情。实际上，郑朝宗中西学问造诣皆佳，他早年毕业于清华大学外文系，与钱锺书乃是同窗，一九四九年他曾前往剑桥大学研究英国文学，归国后一直在厦门大学任教。而郑朝宗与钱锺书交好，乃是因钱锺书的小说《围城》在李健吾主编的《文艺复兴》杂志发表后，引起了很大的争议，郑朝宗以笔名"林海"在储安平主编的《观察》杂志发表评论《"围城"与"Tom Jones"》，对钱锺书的创作进行了公允且充分的评价。后来，钱锺书知道这篇评论是自己的同窗好友所作，心情十分愉快，称赞郑朝宗为这部小说的"赏音最早者"。按说，以郑朝宗的背景和资历，在此世道，应该也是著述等身、名满天下才对的。但由于一九五七年的"反右运动"，他的学术生涯即遭停顿，一直到一九七八年才被平反。二十多年的黄金时间，郑朝宗只留下一部翻译著作《德莱登戏剧论文选》。

来日无多的晚年，郑朝宗倾心于培养后学。而劫后重生的遭遇，让他更多了几分清醒与坚韧。刘再复去年在北京三联书店出版了一册《师友纪事》，我读到一篇关于郑朝宗的回忆文章《璞玉》，印象也是极为深刻。这篇作于海外的回忆文章，感情饱满炙热，写到郑朝宗对于他当年的器重与栽培，可谓字字含情，句句沾泪。刘再复说，当年他在厦门大学读中文系时，郑朝宗还是"摘帽右派"，但他已暗暗觉得这位老师的学问实在是非同一般。后来，他到北京的中国社会科学院文学研究所任职，与郑先生的书信往来才渐至频繁。他特别写到一九八八年，郑先生已是古稀高龄，虽说出行不便，但还要坚持到北京去开"文代会"。在给刘再复的信中，他说自己本来是不想去开会的，但想"到北京看一老一少"，所以就动身了。这"一老"，便是他的好友钱锺书；"一少"，便是当时已在学界叱咤风云的刘再复。刘再复在文章中这样回忆，"到了北京，一进我家，第一句话说的就是要见一老一少。我看到老师稀疏的白发，看到他挤在我的书房（兼卧室）的小角落里说着这句话，我马上转过身去偷偷抹掉眼泪"。

钱锺书说，"他传即自传"。想来刘再复如此动情，多少还是有些借他人酒杯，浇自己胸中块垒的意味。他说那日因为来人太多，改日先生又登门看望。这一次，他们单独交谈，说了许多"私话"与"知心话"。刘再复感慨，先生的每一句话都是"语重心长"。其中的一句，刘再复说他印象最为深刻，他教导这位学生要懂得"壕堑战"，并说："你生性率真，敢于直言，不留余地，这是好的，但屡屡赤膊上阵，一旦中箭倒下，反倒可惜。"当时，刘再复心中还想有所反驳，但几十年后，他才体会到郑先生的良苦用心："郑先生劝我注意'壕堑战'，并非让我回避真理，而是教我如何更好地'为维护真理'去作'死生以之'的奋斗。"郑朝宗作为经历过历史风浪中的过来人，深深懂得保护自己与不做无谓牺牲的重要。对于少经世事的后辈，郑朝宗难免会想到自己早年的教训。如今历经了人世沧桑的刘再复，想到郑先生对当年风口浪尖中的他的教诲，才真正明白其中的一片情深。由此想来，一九八八年郑朝宗的北京之行，应是大有深意的。

二〇一二年六月

钱锺书的「No can do」

　　钱锺书不喜交际，但书信却写得很不少。杨绛后来回忆说："锺书每天起床后，第一件事就是到案头写信。"读来真是既形象又亲切。想来大抵因为书信不需要面对面的客套，耽误的时间也比较少，还做到了礼节上的尊重。对于这位大学者来说，写书信应是他最好的交际方式了。钱锺书爱读书，也爱写信，写信是他读书的精神调剂，也为他安心读书赢得了宝贵时间。钱锺书一生究竟写了多少书信，至今还没有人具体统计过，杨绛说晚年钱先生几乎每天少则一两封，多则三五封，但至少也是平均要写三封的。不久前，我到陆文虎先生处小坐，谈起钱锺书文集的各种编选，陆文虎提到自己以前曾收集、整理和编选过一册《钱锺书书信集》，征集了钱先生所写的各类书信三百多封，本拟收于北京三联版的《钱锺书集》之中，但因钱先生自己反对，这册书信集最终没有出版。

　　陆文虎编选的《钱锺书书信集》，我没有读过，但自己也陆续读过一些钱先生的书信，其中有谈论学术的，也有交际应酬的，但总的读过，还是颇觉文采与学识皆有，气象也洒脱非凡。那日因谈及此话题，我好奇钱先生书信何以不得出版的原因，猜想是否因为钱先生在书信中有很多臧否他人的尖酸文字，自然会担心引起不必要的麻烦。但陆文虎谈到原因，却是恰恰相反。他说在钱先生的书信中，有很多都是因为钱先生由于客套而写作的礼节文字，特别是一些学人给钱先生寄来自己的著作后，钱先生大多都是要给予很高评价的。不过，钱先生到底是聪明，在信中一番客套赞词之后，往往还会留下"容当细读"这样意味深长的词语。故而他的这些礼节文字，都是当不得真的。令人汗颜的是，如今很多沽名钓誉之徒，却将钱先生的客套文字作为自己炫耀的资本。

钱锺书作文章，乃是字斟句酌，尽量做到极致，但他写书信，又显然常常是一挥而就，杨绛回忆说钱先生写信，"出手很快，呼啦呼啦几下子就是一封"。显然，他也是并不看重这些文字的。作家韩石山曾写过一篇杂文《且说"钱赞"》，谈到自己读了一篇文章，名为《钱锺书称赏最甚的人》，其中写到钱曾给广州一位学者写信，对后者的文章大加称赞，其中便有这样的"赞词"："胸中泾渭分明，笔下风雷振荡，才气之盛，少年人说不逮，极佩。"再如："李君文章光芒万丈，有'笔尖横扫千人军'之概。李君饱经折磨，而意气仍可以辟易万丈，真可惊可佩。"如果仅看这样的"赞词"，还以为是学界高人横空出世。韩石山特别说，连吴宓这样的大学者，钱都不曾放在眼里，何论其他。为此，他又解释说："从学识上说，钱先生是这个是那个，从时代上还得说钱先生是个旧文化人，至少也是旧文化习染比较重些。这些人，有一套他们惯用的语码，听的人得'听话听音'。"

我断续读过的一些钱先生书信中，确有很多应酬与礼节的客套话，但也有不少有关学术研究的内容片段，既有具体学问的指导，也有关于学术研究的方法和态度，诸如钱锺书先生曾给他的好友郑朝宗写信，谈到"大抵学问是荒山野老屋中，二三素心人商量培养之事"，由此才可见他对于做学术的态度与精神；再如翻译家，也是钱先生在西南联大的学生许渊冲在长文《忆钱锺书》中，收录了近二十篇钱先生的来信，除了少数关于收到赠书的应酬回信之外，多是谈论翻译之事的，其中颇有诸多精彩纷呈的真知与灼见。但关于自己的书信在文章中被公开引用和刊布，钱锺书曾致信许渊冲，一封为："拙函示众，尤出意外；国内写稿人于此等处不甚讲究，倘在资本主义国家，便引起口舌矣。"又一封为："现在出版法已公布，此事更非等闲。我与弟除寻常通信外，并无所谓'墨宝'，通信如此之类……皆不值得'发表'。'No can do'，to use the pidgin English formula."

钱锺书给许渊冲的前一封回信，乃是许渊冲在文章《钱锺书先生及译诗》中引用了一九七六年三月二十九日对其谈论有关翻译问题的书信，结果这次"引用"遭到了钱先生的反对，对此许渊冲论述说："自从五十年代我回国后，见文章引用别人信中的话（只要不是歪曲）已是常事，所以我奇怪他怎么还在乎资本主义国家的隐私权。"而对于信中所谈内容，许渊冲认为"已经是二十世纪中国翻译界争论的一个大问题，并不是他和我之间的私事，不能算是'示众'"。由此看来，尽管有钱锺书的反对，许渊冲还是觉得钱锺书有些"小题大做"，颇有些不以为然的。但后来有学术刊物要发表钱锺书这封书信的墨迹，为了尊重起见，他征求钱锺书的意见，上述的第二封回信便是。正如韩石山所言，钱先生乃是"旧文化习染比较重些"，但同时也如许渊冲所感慨的，钱先生又是很"在乎资本主义国家的隐私权"的，而他信中所写的洋泾浜英语"No can do"，还可见其风趣，令人莞尔。

二〇一二年七月

孙郁先生二三事

　　孙郁先生刚刚六十岁，但在很多文学界的朋友眼中，他却仿佛是一位老者。这里的"老"，不是垂垂老矣，而是犹有古风，行状很似老辈学人。某次与一位朋友聊起孙先生，一番感慨之后，他说孙先生年龄不高，却提前进入了德高望重之列。那位朋友是一位十分犀利而少见的文学评论家，曾因为刊发过一篇犯了忌讳的文章，在单位的工作处境极为尴尬，后经孙先生的努力，最终改变了生存环境。二〇一七年末，孙郁先生六十初度，没有祝贺的活动，我特意去看望了在家养病的孙先生。依旧是笑容满面，依旧是侃侃而谈，还是鼓励我多多写作，赞叹我的文章越写越好了，又说高校的许多学者文章写得越来越糟糕，反而是李零、阿城这样的写作者，文章才是高妙的。谈他的病，也并不避讳，认为人活着更重要的是质量，自己已看轻生死，以后深入地写作会少很多，或许还会写点书话之类的文章。我请他在随身携带的一册先生再版的著

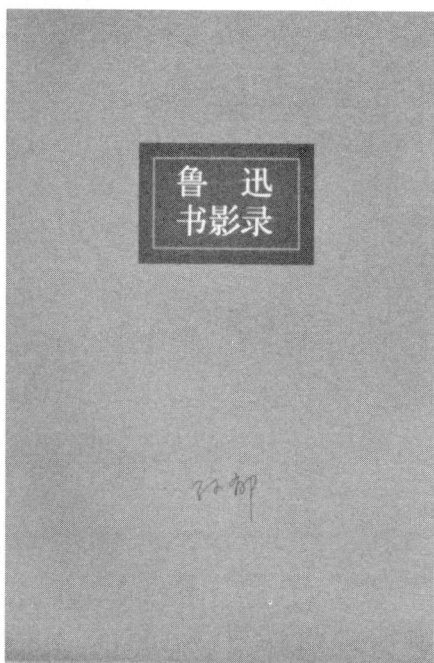

孙郁《鲁迅书影录》书影

作《鲁迅书影录》上写一段话，他爽快地答应了，略有沉思，在扉页写了如此一段题跋："航满兄指正 此为旧作，建新、张胜二友精心制版，让我感念不已。序言系化疗期间在医院用手机所写，如今思之，恍如梦中。孙郁2017.12.16。"告别之际，想到和孙先生交往近十年，竟还没有合过影，于是提出来，也是爽快地同意了，然后找帽子，因为化疗，头发已经很少了。

我与孙先生是在二○○八年五月初认识的，距今整十年矣。当时孙先生还是鲁迅博物馆的馆长。我因为台湾学者蔡登山先生写过一篇文章，受到邀请出席他在鲁迅博物馆举办的新作《鲁迅爱过的人》发布会。出席那次发布会的，都是研究现代文学的专家，我这个门外汉竟不知天高地厚，也讲了一些看法，大体谈了谈自己对于鲁迅的认识。不料有位尊胡适贬鲁迅的学者听了我的发言后，便劝告年轻人不要被鲁迅误导，然后又对鲁迅的思想多有批评。对此，我倒是很不以为然，以为鲁迅与胡适何必分个彼此，他们之中有很多东西都是相通的，都有需要我们学习的地方。但我当时想不到会见到这样的局面，一时真是颇为尴尬。会后，孙先生找到我，温和地对我说，他是孙郁，之前读过我的文章，以为写得很好。然后让我稍等片刻，便去办公室拿了一册他的新作《鲁迅藏画录》送给我。后来在一篇文章中，他还专门写了这次见面的印象："朱航满是个可亲近的人，不仅有文章在，还有他的为人。记得在鲁迅博物馆讨论鲁迅研究的作品时，他有一个发言，厚道的语气给我很深的印象，许多话说得让人心热。没有俗气，还能和不同观点交锋与辩驳，在气质上与'五四’的文人有些接近。虽然身处红尘，却无庸人的谬见，总是让人感动的。”

随后，我应蔡登山先生的邀请，为他在台湾主持的秀威出版公司编了一本书稿，内容无非是当时拉杂所写的一些品评文字。书稿编成，我请蔡先生写序，以感谢他的情谊，他说出版社由他主持，再写序言，似为不妥。而我当时认识的学者极少，便想到了刚刚结识的孙郁先生，于是把书稿的内容和自己的请求用电子邮件发了过去。当时也不过是试试看的心情，不料孙先生竟是很痛快地答应了，而且还在不到一周的时间内就写好了序言。在这篇序言的开篇，孙先生这样写道：“我偶然在网络上读到朱航满的文章，是谈孙犁、邵燕祥的，印象很深。读他的文章，仿佛彼此早已是老朋友，内心有着深深的呼应。在学术与创作间有一个地带，类似旧时的小品笔记，介乎书话和诗话之间，朱航满的文字属于此类。”这便是他对于我的那些起步文字的认识，充满了热情的肯定。下面这一句便是写得分外的动情，“这是本纯情的思想者的书，可在闲暇时作为消遣，但绝非读后掷去的什物，像深夜里突听到笛声飘来，在沉寂的时候，你还会总惦记着它，希望它在什么时候再响起来。那个幽玄而清新的旋律，倒是可以驱走我们独处时的寂寞的”。孙先生的这篇序文热情、恳切，却绝非一篇泛泛的应酬文字。

现在看来，我的那本书稿实在是羞于出手的，但正是因为这本书的出版，为我增添了继续写作的动力，为此我要特别感谢当时愿意出版这本书的蔡登山先生，以及为此书撰写热情序言的孙郁先生。然而，也正是这本在台湾出

航讨足指乙

會稽周氏藏本

此为旧作，建初、光胜
二友精心刻版，让我感念
不已。序言系化疗期间在
医院用手机作写，如今思
之，恍如梦中。

孙郁
2017.12.16

孙郁先生题跋

版的书稿，让我同时经历了一番坎坷。虽然出版的是一册文学论述的著作，但我当时所在单位以未经批准在境外出版而大为恼火，不但给以严厉的批评教育，而且谋饭的差事也面临不保。年轻人在未经风浪之际，却突然遭受一番刀霜剑雨，其心境乃是可以想象的。在处境最为困难的时刻，我到北京求助师友，同时也拜见了已到中国人民大学文学院任教的孙郁先生。在孙先生的办公室，他听到我的遭遇后，很表同情，于是立即写信给鲁迅博物馆的一位朋友，请他在我工作的当地看看能否帮忙协助调动工作。我带着那封信立即去了鲁迅博物馆，见到了孙先生曾经提携过的学者，我们在鲁迅先生的故居旁谈起当今知识分子的处境，颇多共鸣之处。虽然他对我的处境也多同情，但一番分析，也是心有余而力不足。那个阴沉的下午，北京的天际即将落幕于黑暗，我们一起站在鲁迅故居旁的一个台阶上，都沉默着。我遥望不远的天空处，看见一群乌鸦在树际盘旋，心情顿时黯淡，想到鲁迅先生当年的处境，便又觉得自己真有些可笑了。

孙先生到中国人民大学后，主持文学院的工作，就我所知，先后引进了作家阎连科、刘震云、张悦然等人，其中的阎连科乃是当时已颇有争议的作家，但还是被他引进到了中国人民大学。阎连科到中国人民大学之后不久，便写出了一部极具争议的小说《四书》，大陆自然无法出版，终由台湾麦田出版社出版。孙先生不但给予这部小说充分的肯定，而且还专门组织召开了小型的研讨会，随后在他编选《当代文学经典读本》时，又以"存目"的形式将这篇小说收录，并在导读中认为阎连科是"中国最有争议的作家之一"，"但他可能是最被误解的作家，或者说，乃是一个'不该有问题的问题作家'"。孙郁先生的独特之处，便是在于他的这份宽容，能够兼容不同的意见，并且予以欣赏，这是现代研究者的精神，也是大学文学院的气度。我在北京读研究生时，便曾去鲁迅博物馆参观过由他策划的王小波和汪曾祺的展览，也聆听过崔卫平女士在鲁迅博物馆的演讲，虽然错过了陈丹青在鲁迅博物馆的那次颇为轰动的《笑谈大先生》的讲座，但作为这次知名演讲的催生者，孙郁先生功莫大焉。但即使在他工作繁忙，或者在外人看来乃是春风得意的时刻，他也并没有遗忘我这位学界之外的小人物，关心着我的处境，希望我能够多读书也多写点文章。

孙郁先生显然还是个文学界的行动派。以他对于我的关心，并不是只是语言上的抚慰。到中国人民大学任教后，他很快便取得了招收博士生的资格。他请一位好友推荐人选，他们都认为我是合适的，这位好友打电话给我，希望我经由此路而改变处境。我自然是非常高兴的，一时雀跃起来，但转念一想自己的外语水平，便很快又打了退堂鼓，最终还是放弃了。随后，孙先生又推荐我到天津日报社去做副刊编辑，并写了一封言辞恳切的信给当时的副刊主编宋安娜女士。他说孙犁先生曾在《天津日报》副刊部工作，那里有很好的传统，你若能去，自然是好的。在当代文坛之中，我知道孙郁先生评价最高的，不过张中行、汪曾祺、孙犁等寥寥数位，他多次对我说，这些文章写得最好的人，却都是闲云野鹤之人，言外之意，颇多期许矣。我记得那封推荐信中写到了我的情况，并请宋老师一定帮忙，还推举说我是一位可造之才，认为帮助年轻人便是做功德事情。推荐信写得真诚也恳切，我读来却是极为惭愧的，自己何德何能，毫无成绩可言，却令孙先生如此费心。宋老师读到孙先生的推荐信后，也是非常重视。她请我先试着给副刊编一些稿子看看，我便约了包括孙老师在内的一些文学界朋友的稿件，很快赢得了宋老师的好感。然而因为中国的人才流动体制，又考虑到家庭的原因，最终还是错过了去报社工作的机会，宋安娜老师不久也退休了。

　　一再辜负孙郁先生的美意，连我都有些不好意思了。但孙先生依然没有放弃对我的帮助，此时他应黄山出版社策划一套关于民国学人的著作，其中的《胡适卷》便邀我来编写。记得我在中国人民大学拜访他时，他说先把合同签了，书稿可以慢慢来编写。我自然答应了这本书的写作，也知道这是孙先生提供给我在学术界展示的很好机会。但恰在此时，我在经历了诸多坎坷之后，终于冲破了诸多束缚，调到了北京，虽然没有在文化学术单位任职，但工作的坏境一时宽松了许多，而之前答应孙先生写作胡适的那本著作，却因工作调动的繁杂，一直没有动笔。这令我颇感惭愧，便也不敢再去联系孙先生了。但孙先生还是没有放弃对我的关心和期待，正如他所写的那样："像深夜里突听到笛声飘来，在沉寂的时候，你还会总惦记着它，希望它在什么时候再响起来。"此时，我在台湾出版的那册集子在内地也修订出版了，孙先生在报纸上读到了一位朋友所写的评价文章，知道了这个消息，立即发了短信给我："航满，许久未见联系，近况如何，念念。看到大作出版，祝贺！"我由此才发觉自己的失礼，立即带上新书登门拜访，孙先生还是一如往常的热情，并未怪罪我之前的错失良机，反而赞赏我能够坚持写作，问我现在的情况，也是给予多多的鼓励。

在中国人民大学文学院做院长工作，孙先生实在是太忙碌了。虽然我们相距并不太远，但见面的机会却并不多，对于我的请求，他总是满足。到北京工作两年后，我出版了第二本书，这不过是一册颇为粗糙的文学评论集，现在看来，这本书的出版似乎没有太多的实际意义。但为了这本书的出版，我还是免不了虚荣，请我的导师陆文虎先生写了序言。不敢再麻烦孙先生，便请他写了一段推荐语印在书后。没有寄书稿给他，短信催问了两次，他在从外地出差回来的一个凌晨发给了我，推荐语写得真诚而热切，言语之中还是鼓励之情，令我再次感动孙先生的殷切提携："朱航满的文章，有一种悠远的情思暗中浮动。温润的文字里有着历史的厚度，穿梭在各类文本之间。不附和，少应酬，多奇思。锐利的目光，穿过精神的暗夜，给没有亮色的地方以暖意。其人静，其思深，文史交融，今昔互动，朗朗然有君子之风。在远离文坛的地方谈古论今，道出今人难见的风景。"这本书还得到了上海陈子善先生的推荐，并写出了很长的一段评语，令我感慨。如果读者诸君看到这册著作，其实只需要欣赏陆文虎老师的序言文章，还有孙郁、谢泳和陈子善诸位先生的评语即可，因为他们所作都是令人颇多回味的美文。此后我再出版集子，便没有再劳烦诸位先生了，并不是自己已经不需要前辈的提携，而是不敢再冒失地令老师们为自己耗费精力了。

　　然而，就在我们相忘于江湖之际，我却偶然得知一个消息，孙郁先生病了。立即打电话给他，不通；又给一位与孙先生和我都极为熟悉的朋友，她也不知道，为这个消息感到震惊。后来孙郁先生给我发来短信，说了自己生病的情况，并言其已经请了北京最好的大夫做了手术，效果很好，让我不必为他担心，休养一段时间便会好起来的。果然，半年后，孙先生大病痊愈，恢复了往日的状态，一切又忙碌了起来，我想去拜访他，不是在开会，就是去外地讲学，或者出席各种各样的文学活动，我们见面的约定总是一推而再推。我劝他多多休息，注意调养，文章可以少些，他说写完手头的一册《鲁迅与俄罗斯》，再写完一册关于父辈人生遭遇的著作，就可以好好休息了。我几次听他谈到其父在"文革"中的坎坷境遇，谈到自己曾因政治运动而受到的不公平待遇，便也不好再继续劝说了。不久，我又接到短信，请我参加他的新书《民国文学十五讲》的新书座谈会，并言来开会的都是一些老朋友，也希望我能来。新书座谈会是在腾讯大厦召开的，出席研讨的有陆健德、止庵、黄集伟、解玺璋、徐小斌、李静、张洁宇等人，都是文学圈和学术界的名流，也都是孙先生比较看重的朋友，而我竟也忝列其中。我想孙先生是把这次新书发布会看作是老朋友的一次聚会，是看作他大病新愈后的一次重聚，于是，座谈讨论也开得其乐融融。

　　那次座谈会上，我坐在陆健德先生的旁边，陆先生问我在什么单位工作，又问我是不是孙先生的学生，言语之中颇多好奇。后来我猜测，那年我编选花城出版社的《中国随笔年选》，选了陆健德先生和孙郁先生的文章各一篇，其中序言中夹带私货，写了孙先生对我的影响。陆先生一定是收到我的样书后，也读了我所写的那篇文章。说来孙先生对我最大的影响，便是在作文章方面，他一再痛惜今人丧失了中国文章的传统，因此对于能够写出好文章的人多有青睐，但他却绝不是执拗的好古之徒，而是能够从"五四"出发，融合了清明的现代思想与古朴的美学精神，成一家之气象。在那篇序言的结尾，我大胆评述孙郁先生的文章，表达了我的这番敬意："孙郁先生为拙作《书与画像》所写序言中的一句话："一代人有一代人的眼光。'五四'以来形成的文体，其空间还是那么的大。那长长的路还没有走完的时候。只是有时弯曲，有时笔直，有时隐秘。好的文章，在我们这个时代不是没有，只是我们有时没有看到而已。'先生研究周氏兄弟多年，又在鲁迅博物馆浸润数十年，文章温润澄澈，又沉厚开阔，想来乃是见识广、胸襟大、积淀深的缘故。他的这句话，我几乎都背熟了，想来是忧思，也更是期许呢。"

二〇一八年一月二十日

在众多的鲁迅研究者之中，孙郁显得比较特别。他似乎没有像其他学者那样，明显地传承了鲁迅式的沉郁悲愤的精神气质，而在他的研究文字之中，一贯保持了一种作为学者的温雅与平和。在某种程度上，这种气质似乎更接近于周二先生或者曾经被鲁迅所批评过的胡适先生。我始终有这样的一个认识，就是作为一名研究者，他与自己所研究的对象在精神气质上应是一致的，而对于学者孙郁，他似乎在文字中从来没有流露出剑拔弩张的气象，也没有像鲁迅一样将一支笔如匕首一样投向现实社会。对于鲁迅，我以为孙郁是有一种在气质上的距离的，这种距离促使他没有传承太多鲁迅式的性格气质，但同时却使他保持了一个学者所应有的理性与客观，也没有使自己的学术命脉过深地压抑在鲁迅的背影之中。当代的许多研究鲁迅的学者对于鲁迅用情过深，但却一生无法走出鲁迅生命的巨大光芒之中，由此，学者孙郁的出现，才显得比较特别。

　　读孙郁的著作，可以明显地感觉到他的这种距离。对于鲁迅的研究，他没有试图探入深处去内部寻找鲁迅的精神力量，而是剑走偏锋地将鲁迅作为一种文化与思想的现象的参照来进行研究，他的《鲁迅与周作人》和《鲁迅与胡适》就是这样的著作，将鲁迅与周作人和胡适这样具有代表性的学者进行比较，从而试图勾勒出他们之间的差异。因为在孙郁的心中，"五四"时期是一个培养大师的时代，研究鲁迅就必须将他们的对立面一一弄清楚。对于孙郁，鲁迅的研究是他的入口，但周作人与胡适这样的学者因为气质与个性的原因很快使得他感受到一个时代的知识分子群体的精神魅力，在孙郁的研究计划中应该还有《鲁迅与陈独秀》这样的学术专著。因为通过周作人、胡适和陈独秀这三位分别代表不同文化气质与思想的知识分子，能够体现出作为鲁迅这样近现代思想文化大师的复杂与独特之处，孙郁恰恰是寻找到了某种研究的出口。他的其他两部著作《周作人与他的苦雨斋》和《胡适影集》，分别应该看作是孙郁前两部著作的副产品，但即使这样两部看似轻盈的附带品，却更体现出孙郁学术研究的风采。

　　特别是《周作人与他的苦雨斋》这一著作，最为我所偏爱。此书其实是将"五四"时期北京的一种文化现象来作为个案进行专题研究的，周作人的苦雨斋与林徽因的"太太的客厅"以及朱光潜的家中的聚会成为"五四"时期文人学者进行学术交流的重要场所。孙郁在研究中采用了一种秀雅的书话文体进行层层解析，慢慢展现出苦雨斋的时代风貌与本相，立体化的呈现出一种学术文化现象的历史面貌，同时在论述中加入了自己研究与现实生命的独特体验。诸如在其中的《八道湾十一号》中的一段文字，给我留下了很深刻的印象："在一个深冬里，我和一位友人造访了西城区的八道湾。那一天北京下着雪，四处是白白的。八道湾破破烂烂，已不复有当年的情景。它像一处废弃的旧宅，在雪中默默地睡着。那一刻我有了描述它的冲动。可是却有着莫名的哀凉。这哀凉一直伴着我，似乎成了一道长影。我知道，在回溯历史的时候，人都不会怎么轻松。我们今天，也常常生活在前人的背影下。有什么办法呢？"（《周作人和他的苦雨斋》，第七页，人民文学出版社，二〇〇三年版。）

沿着这样一个思路来理解孙郁的另外一本比较重要的著作《百年苦梦——二十世纪中国文人心态扫描》，我以为就能清晰地理解此书在孙郁的学术研究中的地位。这本书其实最适合倒读的，尽管他将二十世纪中国最杰出的三十多位重要的和具有代表性的学者一一论述，但暗含其中的却有一条隐隐的线索，因此文集中所收录的最后一篇文章《鲁迅传统：不朽的主题》就特别值得关注。因为在阅读过程之中，孙郁在论述这些二十世纪的学者和作家的过程中，他的文字之中常常会显露出鲁迅的身影，更关键的是他在这种对于二十世纪人文学者的个体研究中是将鲁迅作为一个巨大的存在来进行参照的，这样一一的参照、对比和研究最终显露出他们作为个体在中国二十世纪历史中的地位；同时也可以明显地感受到的另一个重要的课题，那就是研究鲁迅必须将鲁迅纳入到整个中国二十世纪的巨大知识场域之中。认识鲁迅，就必须对鲁迅的师承、同辈以及继承他的精神命脉的后辈学者进行一个理性系统的清理。

孙郁的这本《百年苦梦》，我以为就是在进行这样的一种艰难的尝试。不妨看看他在研究中所列举的名单，其中最明显的是作为鲁迅研究者的学者占了其中的四分之一。李何林、唐弢、王瑶、钱理群、王晓明等人，作为鲁迅的研究者，是最明显的鲁迅精神与思想的传承与阐释者，在他们身上过多地保留了鲁迅的影子。因此，对于钱理群，他则直接以"在鲁迅的背影里"这样的题目；对于唐弢，则是用"未完成的雕像"，这里的雕像自然指的是鲁迅；除此之外的一些学者和作家，则多多少少吸纳了鲁迅的精神思想的，诸如他所研究的巴金、邵燕祥、王蒙、张承志、赵园等人；而在钱锺书、张中行、汪曾祺、贾平凹等人身上，也在以鲁迅作为一种精神的参照而试图寻找出另外一种精神风范。由此往上推延，他所论述的那些鲁迅的同代人甚至他的前辈学人，也遵循了这样的一种研究思路，诸如茅盾、瞿秋白、胡适、周作人以及梁启超、梁漱溟、王国维，最后到他的老师章太炎。

这样一个倒读的思路，我们即可以读出中国百年来学术文化的风貌，探寻出作为中国知识分子在一百年来试图寻求一种变革与超越的精神梦想。按照孙郁的理解，就是"百年苦梦"。但我其实更是读出了作为一个学者，在对鲁迅研究中试图探索出一种新的学术路径的尝试，这种探索是将鲁迅纳入到二十世纪的知识分子群体之中来进行观照与参考的。因此，学术的归途最终又回到了鲁迅本身，这也就是我提出必须注意这本书所收纳的最后一篇比较特别的文章的原因。在这篇文章《鲁迅传统：不朽的主题》中，孙郁明确地指出鲁迅已经成了一种独特的文化传统，他分别对二十世纪一些重要的学者与作家进行把脉，指出他们身上所流淌着的血液中所蕴含着的鲁迅基因，如此，我们也就可以明白孙郁其实是在将鲁迅作为一种文化传统的主题来返身观照整个二十世纪的，同时也是在用二十世纪的整个知识分子的知识景观来思考鲁迅作为一种文化传统的精神意义的。因此，在这篇文章中，他就指出："只有在这种多元格局的文化景观中，我们才可以真正感受到鲁迅的价值所在。"

另一个值得注意的是，孙郁作为一个学者，他更具有作为文学批评家的天赋，他常常能够在文字之中嗅出一个作家甚至一个学者的精神气象与学术脉络，但他似乎无意成为一个文学批评家，而更愿意在学术思想的深渊里寻找出一些精神的光亮。在这本书中，他对于几位作家如茅盾、汪曾祺、巴金、王蒙、邵燕祥、贾平凹等人的精神命脉的探究的同时，也不难发现他常常对于他们文学作品恰如其分的批评与欣赏，而对于王国维、梁启超、胡适、钱锺书甚至到当代的钱理群、王晓明这样纯粹以学术著作名世的学者，他也更为关切他们文字之中的文学风味，或赞叹或欣赏或品评，在某种程度上又显示了学者孙郁在学术上是将这些知识分子作为文人来对待的。因此，文章的文采气象对于他们是第一位的，其次才是他们的精神追求与思想命脉。

可以想见，在学者孙郁的心中，作为一个中国的知识分子必须具有的第一素养应该是他的艺术修养，他的文字功底是他进行学术研究或进入作家行列的第一道关口。在这本书的后记中，他就这样直言不讳地写到之所以选择这种无法涵括整个二十世纪知识分子整体的人物谱系，恰恰是因为他自身的艺术追求与个体研究的局限，孙郁说："选择那些艺术气质很浓的文人作为自己注视的对象，完全来自自己内心的需要。我其实是为了印证早年对于诗化哲学与艺术哲学的猜想，才选择艺术家作为历史的参照。其实，描述晚清以后的文化人，还可以找出许多人来：郭沫若、郁达夫、闻一多、老舍、沈从文、曹禺、吴宓……然而，我仅此打住了。"其实，这只是他为我们所开拓出的一个研究的新的视野与空间。

二〇〇七年一月

闲话《革命时代的士大夫：汪曾祺闲录》

孙郁似乎颇为喜欢闲云野鹤式的文人，他之前曾出版过一册《张中行别传》，近来又出版一册《革命时代的士大夫：汪曾祺闲录》，而他这后一册的著作中，谈及张中行、汪曾祺、孙犁等不多的几位，乃是他所偏爱的当代作家。想来他的下一册著述，或许该会是有关孙犁了。早年孙郁在报社供职，与汪曾祺和张中行都有着较为密切的交往，成了亦师亦友的忘年交，而孙犁虽无缘相交，但他曾多次向我提及孙犁，并感叹孙犁晚年在津门背向文坛和直视心灵的写作。这几位作家都曾是文坛的边缘人物，他们也都刻意与主流体制之间保持着距离，而在革命的年代，他们或者曾被孤立，或者曾被误解，甚至是被伤害和打压，但在思想的深处，却依然保持着一种独立与清醒的精神，但他们又是柔弱的，既不会选择以激烈的方式来抵抗黑暗，更不会如老舍、傅雷一样以刚烈的方式面对屈辱，用孙郁的话来说，他们的人生存在乃是一种有温情也有爱意的反抗。

孙郁把他的这册有关汪曾祺的著述命名为《革命时代的士大夫》，其实早些年也有人称汪曾祺为"中国最后一个士大夫"，但这里的"士大夫"其实不过是"旧文人"的别称。因为在我看来，"士大夫"这个模糊的称呼，除去"旧文人"的诸多特性，还有儒家书生"不可以不弘毅"与"任重道远"这样积极的一面，而这些在汪曾祺、张中行、孙犁等文人的身上，体现得倒不是很明显。不过，我倒是很喜欢孙郁这本著作的副题——"汪曾祺闲录"，颇有几分《世说新语》的感觉，又精练，又直接，还别有韵味，多好。但实际上张中行也不只是一个"旧文人"，而是他身上许多有关旧文人的表象，在这个传统文化沦落的时代，真是显得颇为独特罢了。对于这一点，孙郁在书中的见解很是深刻，他在《墨痕内》一章中阐释说："汪曾祺的身上有旧文人习气，精神则是现代的。"也便是如此，无论是在大革命年代，还是在文学新时期，他们都能够找到自我，既不因为一时的磨难或恩宠而自甘沦落，也不因为一时的尊崇或寂寞而丧失自我。

如此看来，孙郁的这册"汪曾祺闲录"其实并不太闲。读毕这册著述，不难发现，其实这本"闲录"乃是按照汪曾祺的师承、交际、情趣、影响等诸方面来论述的，看似闲谈，内在里还是有着一种传统而严密的逻辑，也可称之为一册汪曾祺的"别传"了。诸如有关汪曾祺的传承，此册著述便写到了沈从文、闻一多、浦江清等诸多西南联大时期的师辈，沈从文对于文学以及苦难的态度，闻一多的精神风骨，浦江清的学术趣味，都使得汪曾祺受益不少。而有关汪曾祺的"交际"，则写了黄裳、邵燕祥、林斤澜等与汪曾祺交好的当代文人，在论述中孙郁写了他们的人生友情，但也强调了他们之间的诸多差异，诸如黄裳的学术味与书卷气，邵燕祥的激烈批判与深沉反思，都是与汪曾祺有所区别的。但对于这种友情的重视和强调，则是有意义的。恰巧近来读邵燕祥的文章《诗人黄苗子》，其中便有邵先生的一番感慨，可做补充："但我发现，我们这个躁动的社会，除了明确的政治分野以外，还有一些你要凭感觉来辨认的生活圈子，比如有些人生活在《官场现形记》里，有些人生活在《二十年目睹之怪现状》里，甚至有些人生活在《金瓶梅词话》里……但也有一些老人，仿佛生活在《世说新语》的某些篇章里。"

　　邵燕祥先生的概括无疑是既形象又准确的。这些同为一个"生活圈子"中的文人作家，他们有过相似的人生经历，也有着相似的个性和情趣，虽然建树与识见并非完全相同，却可以互为补充、互相砥砺，无形中形成了一个当代文学或者文化的共同体，这对于文学乃至文化的影响实际上是不可低估的。有关汪曾祺的"情趣"，孙郁在这本书中写了不少，诸如拍曲、美食、文人画、手稿、京剧，等等，似乎这些有关汪曾祺的爱好、趣味或者癖好，已经成为论说汪曾祺的一个重要而鲜亮的标签。现代以来，文人除了他们的作品之外，有时可供后人言说的地方，乃是少之又少，而汪曾祺则恰恰相反，这或许也正是常常被人论说为"士大夫"或者"旧文人"的重要缘故所在。但其实，中国文化传统中的许多趣味是具有很强大的魅力的，对于文人在困境与失意时有所寄托也是重要的。鲁迅在绍兴会馆时期便曾抄写古碑，后来虽然是新文化运动的急先锋，但他写旧体诗词，喜好毛边书，热心版画运动，以及看电影、逛书店这样的爱好，也都保持了一生。生活有所附丽，人生才不会显得单调和无趣。汪曾祺之所以能够始终保持平和的心态，乃至在风浪之中渡过难关，与他的这些情趣和爱好不能说没有很大的关系。

如此看来，孙郁关注汪曾祺、张中行、孙犁等文坛上的边缘人，其实也是试图寻找这样一群文学的旁观者。这样的旁观者并不是与政治真正保持距离，而是尽量在现实中不参与世俗政治的种种较量和角逐，他们是旁观，是审视，是反思，是局外人的艺术判断。他们与"五四"以来的沈从文、钱锺书、张爱玲、废名、丰子恺等人，形成了一种文学史上的独特谱系。在这册书中，孙郁还特别写到了贾平凹与张爱玲。想来这选择也是经过深思熟虑的，现代作家中，张爱玲如今已成为一个被广泛称赞的时尚人物，而贾平凹则是当代作家中最具有盛名和创作力的标志性人物，前者对于汪曾祺散文的肯定和引用，后者受到汪曾祺的影响乃至是肯定和赞誉，足可以说明汪曾祺的影响之所在。但孙郁的眼光是犀利也敏感的，他在温润的言语之中，谈论与汪曾祺有忘年交的贾平凹，却是别具意味的。他论述了两人的许多共同之处，但也特别强调了贾氏的鬼气与苍冷等消极之处，这些在汪曾祺身上却是没有的。汪曾祺毕竟是从现代文学中走来的，在意识深处还潜藏着"五四"的精神痕迹，这样一来就自然区别于旧文人，从而具有了一种内在的现代意识。这是谈论汪曾祺需要重视的，也是孙郁谈论汪曾祺常常闪烁其间的思想火花。

二〇一四年四月

一脉文心

——读『当代文学经典读本』

　　北京大学出版社出版了一套"文学经典读本系列"，我读了其中由学者孙郁编著的《当代文学经典读本》。这套"文学经典读本系列"的初衷乃在于"名家选名篇读经典"，突出的是名家、名篇和经典，但在我看来，其中的"选"与"读"二字实则更为关键。以这册《当代文学经典读本》为例，孙郁的"选"法就实为独特，此书开篇便选台静农的散文《酒旗风暖少年狂——忆陈独秀先生》，随后又节选孙犁的散文《书衣文录》，其三选张爱玲的散文《忆胡适之》，其四选张中行的散文《故园人影》。仅这四篇，足以让人耳目一新。当代文学作品的这种编法，我还是初次见识。但细读之后，似乎发现其中的玄奥之处。其实，孙先生选台静农，用意则在鲁迅与陈独秀，台静农此文写陈独秀，其人乃是新文学的急先锋，而台本人则与鲁迅深有交往；再如第二篇散文《书衣文录》，此乃孙犁晚年的经典篇章，洗尽铅华，沉郁老辣，但细读发现，此处节选章节均与鲁迅有关，孙犁拜服鲁迅，所读书目也多与鲁迅有关；第三篇选张爱玲的忆旧散文，还在于其中所写的胡适之，此乃新文学的又一开山健将；第四篇选张中行的散文，则不难想到新文学的重要代表人物周作人。由这四篇散文，可以看到选家的用意其实关乎"五四"，从陈独秀、胡适到周氏兄弟和张爱玲，此读本开篇便向"五四"经典致敬，其深远幽微之心不能不令人细细体味。

编选此书的深情用意，从另一个方面来看，也是显然的。诸如首篇的《酒旗风暖少年狂》发表于一九九〇年的台湾《联合报》，而第二篇孙犁的《书衣文录》则于"文革"中后期陆续写成，第三篇张爱玲的《忆胡适之》则于一九六八年在香港《明报》发表，如此看来，孙先生并非是按照作品问世的时间来排列的；再如开篇第一章的台静农，出生于一九〇三年，随后的孙犁出生于一九一三年，张爱玲出生于一九二〇年，张中行出生于一九〇九年，那么再如此来看，这样的作家序列也并非按照出生时间来编排的。按照常规的分析判断，似乎也足以坐实我对于这条"五四"文脉的猜测，也就是从鲁迅、胡适再到周作人和张爱玲，这条隐形的脉络是孙郁对于当代文学审视的一个独特标尺，而他编选这册《读本》的思路由此才会逐渐地清晰起来。如此更不难理解，在孙郁的这册《读本》之中，一九四九年后的所谓"十七年"文学经典则无一选录，除去开篇的这四篇略显旧派的文章，他直接将读者带入了二十世纪八十年代的文学视野，诸如张承志的散文、北岛和舒婷的诗歌，以及汪曾祺、王蒙、阿城、刘震云、铁凝等人的中短篇小说作品，他们均惊艳于文学的新时期。

同样，令我颇感兴趣的还有孙郁对于两位作家的重视，一位是王小波，另一位则是木心。这两位带有某种传奇和时尚符号意味的作家，尽管作为当代文坛的争议人物，却在这册读本中予以关注和强调。在孙郁的导读文字中，不难看出，对于王小波，他欣赏其思想的独立和智慧，而对于木心，则更欣赏其作为文体家的玄奥之处，并认为由此可以追溯到民国的废名。从这两个独异人物，也显示了孙郁在文学判断上的思考和见识。在二十世纪八十年代，文学崛起的一个重要途径，便是一方面回归传统，一方面向西方学习，尽管王蒙、阿城、莫言、汪曾祺、贾平凹等人在八十年代均有出色表现，他们或者回归传统，在道家禅学、明清遗韵中寻找出路，或者在英美传统、拉美爆炸甚至是西域文明中寻找灵感，但或多或少都有汲取的痕迹。倒是王小波与木心，在传统与现代之间，达到了一个较高水准，甚至很难发现其生成的痕迹所在。王小波的思维是现代的，来自英美世界的文明体系，他的杂文仿佛是从另一个世界走来的人的新鲜打量，而木心在文体上的创造，则在于他直接与经典传统对接，并呈现出汉语的神采与风骨。

其实，选本或读本想要编好实在是难，其背后是文学史的思维，是文学观念的意识，也是文学趣味的体现。对于当代文学选本的编法，出版家锺叔河先生曾有过精彩的论述。念楼先生曾这样谈及文学选本的编法："选本必有自己的观点和看法，我喜欢的文章就是最靠得住的标准。"

他还说，选本要好，标准是其一，好的导言则是其二。作为一册个性的选本，这册当代文学读本都已具备了。作为编选者的孙郁，其本身就是一位文章家，深深懂得汉语文章之美，而他还始终认为，文体的创造与创新是一位作家的天赋与关键所在。由此不难看出，他是始终以审美的眼光来谈论当代中国作家的，此乃其"读"法之一。诸如他谈台静农，认为其文字有"魏晋文风"；谈孙犁晚年所作，则认为"沉郁、峻急"；谈张爱玲，认为有"旷世的凄凉"；谈张中行，则认为是受到"周作人的暗示"；谈张承志，认为其作品有"回肠荡气之美"，如此等等。但我通读整个读本，又不难发现，在文体的创造上，孙郁则更为欣赏汪曾祺、木心和贾平凹三人，并认为这三位在文体的独创性上是有着真正自觉意识的，且可以独成一家。此册读本中，汪曾祺选了中篇小说《大淖记事》，木心选了诗歌《一饮一啄》，贾平凹则节选了长篇小说《古炉》的片段。

这里需提及《读本》的导言，此乃十分精彩也颇有见识的综述与批评文字，难得短短五六千字，却将当代中国六十余年文学的波诡云谲，一览无余。之所以强调这篇导言，是因为从中不难看出孙郁对于文体与语言的高度重视。因为历数文坛六十年的如云高手，仅有汪曾祺、木心和贾平凹能够独得青睐，并在导言文章中予以特别论述。显然，无论是汪曾祺能够把"明清语言与民国语言杂糅一起"，还是贾平凹小说中的文字有"明清的味道"，再如木心，则以为能够把"汉语的潜能袒露出来"，并进而指出"文体表面看是词语的问题，其实是精

神境界的问题。好作家未必都是文体家，而文体家一定
是好的作家"。也由汪曾祺、贾平凹和木心，还不难看出
编选者在文体与语言上对于传统汉语魅力的欣赏，以为
汉语本身的魅力是巨大的，生机勃勃的，也是鲜活灿烂
的。相比汪曾祺与贾平凹，木心则更为另类和独特。因
为在汪曾祺与贾平凹的身上，除去文体上的创造之外，
还可以看到精神世界的士大夫气息，而这些则在木心身
上难见踪影，木心是融合了传统与现代，更具有"五四"
的精神风骨，也有着文学的贵族气息。

令我感到惊异的，还在于阎连科长篇小说《四书》的
入选。原因不仅在于这本出版于二○一一年的小说，距今
不足五年的时光，还缺乏作为经典所具备的时间沉淀与淘
洗，更在于这部小说其实也只曾在台湾出版过，至今仅有
少数的专业研究者曾经览阅，但这部在这册《读本》中作
为"存目"出现的长篇小说，被作为当代文学的经典之作
列入其中，如果不是随意任性的话，彰显的一定是编选者
的勇气和自信。这种冒险出于何故，细思之后，或许还在
于其对文学现状的不满与冒犯，以及认同阎连科小说中的
批判、创造乃至叛逆，或许还意味着未来文学的一线生机
正在于此，由此才会更深理解编选者的一缕文心。这种带
有冒犯性的批判和创造，以及这样不动声色中的暗自赞赏
与容纳，恰恰正是"五四"传统中有关"自由与容忍"的
体现。进一步说来，这种特殊的文学编排，在我看来似乎
与此书开篇选取台静农有关陈独秀的散文，暗暗地形成了
一种内在的呼应。也许在编选者孙郁的心中，中国新世纪
的文学创作前景，更应寄希望于阎连科这样大胆和富有创

造精神的当代作家。长篇小说《四书》在这册读本中以
"存目"的形式出现，正是编选者对于当代文学的又一
"读"法，它代表的是一种理念与寄托，可谓寄意深远矣。

二〇一五年三月

关于止庵

　　止庵最近出版了小说集《喜剧作家》，结集了他多年前所作的小说。藏书家谢其章曾对止庵的这个事情有过评价，大意是有没有小说，对于一位作家的意义是大不一样的。这本小说集所收录的小说，其实多是止庵在二十世纪八十年代所作，且以笔名"方晴"发表，但影响寥寥。止庵之后以读书随笔出名，出版过诗集《如逝如歌》，传记《周作人传》，学术专著《神拳考》，读书回忆录《插花地册子》，书信集《远书》，还有长篇散文《惜别》和艺术评论集《画廊故事》，等等。以上这些著作，涉及了写作的方方面面，也可见他的关注领域和兴趣爱好。他的这些著作，我认真读过其中的三册，可谓颇受教益：其一为《周作人传》，曾写过一篇读后札记《气味辨魂灵》，谈他的周作人研究；其二为《远书》，曾写过一篇读后感《鱼飞向北海，何以寄远书》，谈他作为读书人的真性情；其三为《插花地册子》，也曾写过一篇读书笔记《"略识门径"》，谈他的读书之法。而我也觉得这三本书，对于认识止庵，也是颇为重要的。他怀念母亲的长篇散文《惜别》，买来即读，读完颇有一种怅然之感，那种隐忍、沉静而又悲伤的气息，令人难以忘怀。

止庵早年大约和普通的文学爱好者一样，专注于小说和诗，但很快就找到了自己的方向。在对诗歌和小说的初步尝试之后，很快就放弃了，转而专攻随笔写作，其实就是写一些读书的心得和体会。此类著作，目前已结集多册，诸如《如面谈》《旦暮贴》《比竹小品》《向隅编》《相忘书》《六丑笔记》，等等。不过，止庵之所以能够在读书随笔的写作上独树一帜，乃是他对于阅读的对象十分挑剔，而且一旦选好了目标，则是要将其"涸泽而渔"，才最终会写成一篇短文。数年前，我曾去拜访过他，谈起读书一事，他说现代中国作家的著作，基本全部读过了，当代作家则只读到王朔为止。而如果研读一位作家，则要尽量回到历史的现场去认识。诸如周作人，他的某篇文章发表在哪份报纸的副刊或哪家刊物，都是要亲自找来看看，其刊于同版的作家有何人，文章刊发在什么位置，也都是大有意味的。中国现代以来的作家，他所欣赏的，不过鲁迅、周作人、张爱玲、废名、杨绛、谷林等寥寥几位，其中他对周作人所下的功夫尤大。

止庵还有一个读书之法，便是通过编书和校订原著来加深体会。对于鲁迅，止庵和王世家合编有《鲁迅著译编年全集》；对于周作人，主编和校订有《周作人自编集》和《周作人译文全集》；对于张爱玲，有陆续编订的《张爱玲全集》；对于废名，有他编选的《废名文集》；对于杨绛，有他为百花文艺社编选的《杨绛散文选》；对于谷林，则有编成的两册集外文合集《上水船甲集》和《上水船乙集》。正是以上的这番功夫，使他能练就一双火眼金睛。以与我有关一件事情为例。多年前曾写过一篇杂文《顾随与周氏兄弟》，其中有一处史料判断有误，他在致一位朋友的信中曾谈及此事，以为写作者没有读过资料原文，故而才对相关事实造成了误解。我作这篇文章，确实未曾亲自查阅原著，只是请朋友帮我在图书馆查阅核实，故而造成了只知其一不知其二的结果。想来正是有了这般的功夫，止庵的文章才能够处处坐实，少有模棱两可的断语，因而他有不少文章其实都是扎实的考订文字。

除了在读书上的用功之外，止庵在文体追求上也是十分自觉的。记得我经朋友介绍初次认识止庵时，我们便谈到了黄裳，当时他正与后者打笔仗，也不便多谈；后又说到董桥，他直接表达了不喜的态度；再谈到孙犁，他更直言其文笔粗疏，并说有位喜欢孙犁的朋友曾多次寄他孙犁的著作，都被他置之于高阁。他的这种趣味，当时令我大为惊讶，于是便当场和他有所争论。这个细节，后来被谢其章先生写进了他的《搜书后记》之中。不过，现在看来，止庵的文章取法周作人和废名，近于痴迷，文章风格力求平淡自然，其看似平淡，实则章法谨严，看似自然，又在力求一种艰涩的滋味，仿佛咀嚼青橄榄一般。但我以为，文章风格与趣味不同，却各有存在的必要，不必有所轻重，正如人之口味一样。对此，周作人就显得比较公允，他曾在文章《纪念志摩》中就对不同风格的文章有过形象的评价："据我个人的愚见，中国散文中现有几派，适之仲甫一派的文章清新明白，长于说理讲学，好像西瓜之有口皆甜，平伯废名一派涩如青果，志摩可以与冰心女士归在一派，仿佛是鸭儿梨的样子，流丽清脆，在白话的基础上加入古文方言欧化种种成分，使引车卖浆之徒的话进而为一种富有表现力的文章，这就是单从文体变迁上讲也是很大的一个贡献了。"

我读止庵的文章，还有一种感觉，便是他对世事有一种极清醒的悲观，但又从来不直接表达自己的意见。我认为这并不是明哲保身，而是一种发自内心的不屑。以上所谈，都是对于其文章的粗浅印象。前不久，有位也写作的朋友知道我认识止庵，想请我予以引介。说来我也不过是他的一名读者，因为读写也才有了些许的交往。我曾两次登门拜访，也与他有过一些通信，感觉他不乐意做的事情，一般态度鲜明，很少因为情面而破例。知道了他的这个特点，反而会觉得是一种可爱。记得我初次拜访他时，对其居所印象十分深刻。他的住所从客厅到卧室几乎全部是顶天立地的书架，珍藏的书籍都被一册册认认真真地摆放在书架上，整个居室非常整洁，除了书架之外，少有他物，身处其室，甚至会有一些不食人间烟火的感受。后来我才知道，他有洁癖，这或许与他曾经学医并当过牙医有关。据说他去书店买书，都是要经过反复地挑选，略有瑕疵都是行不通的。有的书，他甚至要买上两套，一套供阅读，另一套则是要作为收藏来用的。

我印象中的止庵，还有一个特点，便是为人并不世故，有时会让人感到有些不解人意，但仔细想想，又觉得也是一种可爱。这种不解人意，他自己认为是一种不影响别人的"毛病"，而在他人看来则多少是一种名士气。但以我看来，作为一个身处体制外的读书人，他不必承担太多的社会义务，能够安静地读书便是很满足的事情，而他自己也可能有自怜的意味。我曾在出版第一册文集时，想请他作一短序，他读了书稿，来信说其中许多内容自己并无涉猎，不能随意发言，而其中收有一篇我写周作人的文章《风雨中的八道湾》，他不但给予了很细致的校订，而且受我的这篇文章的启发，写了一篇关于周作人的书房苦雨斋的文章，后来收在了他的文集《比竹小品》之中。他的这种性情，我还记得有一件事情。我编选花城出版社的随笔年选，选用了他在《惜别》中的一个章节《母亲与读书》，后来我们在一个座谈会上相见，他说我选的那个章节其实并不好，但当时却忘了问问他，这本书中，他最满意的又究竟是哪一个章节呢？

二〇一七年一月十五日

『略知门径』
——读《插花地册子》

　　止庵的《插花地册子》初版于二〇〇〇年，再版于二〇〇五年，增订版于二〇一六年。这三个版本我都读过，但此处并非要细细比对三个版本的不同之处，而是为了说明对于此书的喜爱。二〇〇四年我读研究生时，在国家图书馆的开架阅览室偶然翻到了这本薄薄的小册子，读后很开眼界，随后便按照此书提及的书名买过不少也读过不少的书。可以说，初读此书，更看重的是其中的《读小说一》《读小说二》《读诗》和《读散文》上的书单及其赏析，但是这次看增订本，则更重视这些分析判断的出处所在。改变这种阅读趣味的，乃是书前止庵《新序》的提示，他强调写作此书不是有读者指出的写了一本"关于书的《随园食单》"，且写作此书的本意也"并不是开书目"，甚至他认为自己也"还不具备这样的本事"。因此，我又重新将此书读过一遍，才忽然感到当年止庵写作此书，乃是强调成为"现在这样的人"的一种"自我教育"。但我又不满足于此，更想了解这种所谓的"自我教育"背后的门径何在，是否如我曾按照其所列书单来读书一样有所启发。

尽管止庵在序言中强调此书乃系出版社的约稿，但我此次重读后，立即感到其很可能受到了周作人一九四四年在《古今》连载的长文《我的杂学》的影响，特别是我又读了周作人在此文中强调其自述学术历程的写作缘起之后，对于了解止庵的写作此书的初衷也有了新的认识。周氏在《我的杂学》的开篇写道："我平常没有一种专门的职业，就只喜欢涉猎闲书，这岂不便是道地的杂学，而且又是不中的举业，大概这一点是无可疑的。"对于自己所写的东西，他还强调说："其实也何尝有什么长处，至多是不大说狂，以及多本于常识而已。"而这些常识也不过是"杂览应有的结果"，并认为"把自己的杂学简要的记录一点下来，并不是什么敝帚自珍，实在也只当作一种读书的回想云尔"。周作人在这篇文章中先后谈到的有古典文学、人类学、医学、博物学、儿童学、地理、风俗画、性心理学、希腊神话、民俗、日本文学、佛经等，真是一份杂学与博览的内容，这种宽博估计难以被他人效仿的，但这种回味读闲书和谈常识的作文经验还是可为借用的。

止庵此书的写作受到周作人的影响，不仅在我上述的揣测，还在于他于内容中的谈论。以我对于散文的了解来说，我读此书的《读散文》一节，就颇能感受到止庵对于散文的见识和态度，更多的来自周氏，其在书中写到了一九八六年他在书店买到一册《知堂书话》，读后便"尽可能多找周作人的文章来读，上溯从前读过的《论语》和《颜氏家训》等，似乎看到中国散文的一条正路"。对此，他很有感慨地写道："这一年我二十七岁，在散文方面才真正有所觉悟，较之小说与诗要迟钝得多。此后中国文章可以说从头读起，从前都算是白读了。"具体对于散文的态度，也是延伸周作人"言志"与"载道"的概括，"写自己想写的文章，不写别人让你写的文章"，"我又曾说不喜欢载道的文章，不喜欢因循的文章，不喜欢盛世的文章，载道对着正统，因循对着规矩，若盛世则与好话好说及合情合理居于相反位置"，故而"以此为标准，大致可以看清中国文章是怎么回事"。这样一来，我想不但可以了解止庵写作此书的初衷，对于《读散文》这一章也有更深的体会了。

止庵在《插花地册子》的序言中强调自己"差不多只做过读书这一件事"，我认为这是自知之明的言论。作为一个聪明的读者和作为一个高明的研究者是截然不同的，前者是尽量多读自己喜欢的好书，后者则是尽量多读对自己有用的参考书，无论喜欢不喜欢。因此《插花地册子》对于一般读者来说，是一部个人趣味的导读册子，而我们如果深究，也是依稀可以看到他的阅读趣味是如何形成的。诸如我读此书的《读小说一》，看到他对于巴金的一段评论，便是很有熟悉的感觉。止庵在评价巴金的小说时颇为不客气地认为："他实际上是一位针对初中生写作的启蒙作家。"并引用巴金的话："青春是美丽的东西，而且这一直是鼓舞我的源泉。"这立即让我想到夏志清在《中国现代小说史》上对于巴金的一番评价，只是异曲同工罢了："很多中国作家（巴金不过是一个极端的例子）都是：在他们未经指导、青春期间所嗜读的书，往往便是他们终身写作的灵感源泉和行动方针。"夏志清也提及了巴金对于国际闻名的无政府主义者艾玛·高德曼（Emma Goldman）的崇拜，称其为"精神上的母亲"。

其实，了解了这样一个关键之处，便不难发觉止庵对于现代中国小说的遴选和趣味了。他在书中强调一九八〇年可为一个分界线，之前以读老舍为主，间及一九四九年前的他人之作，而一九八〇年之后则是专心于鲁迅、废名、新感觉派和钱锺书。原因便在于一九八〇年他先读了钱锺书的小说《围城》，随后便读到了夏志清在香港出版的《中国现代小说史》。因此，不难看到上面所述的几位作家与夏志清的审美趣味极为契合，而这一影响的叙述则要到夏志清去世之后，止庵在后来的纪念文章《夏志清的未竟之功》中才谈及了其中的因缘："当年《中国现代小说史》到手，只顾一口气读完。借用前人的说法，正是'读了之后眼上的鳞片倏忽落下'。以后我对中国现代文学所发的一点议论，可以说都是受了这本书的启蒙。我始终对作者怀着一份感激之心，可惜没有机会当面向他表达。"止庵引用的前人的说法，便是周作人当年初次读到英国思想家蔼理斯的著作《性心理学》的感受，后来周作人曾在多篇文章中谈到蔼理斯的思想，可见止庵受到夏志清此书的影响之大。

再来如此去看，便不难发觉止庵读中国古典小说，是受到鲁迅的《中国小说史略》的影响。他自己在书中也强调此书的影响："对我读古典小说帮助最大，不仅指示门径，就连轻重缓急也多半遵循他的指示。"这一点也是《读小说一》中清楚谈及的。但在《读小说二》中则没有谈到对于自己读西方小说的门径，在他认为则是"胡乱读的，没有任何计划可言"，但"读了几种文学史后，无论买书，还是读书，都可以说是略知门径"。遗憾的是止庵没有具体谈这些西方文学史的名称，估计令其满意的名家之作也并不多，倒是此书的《师友之间》一章中谈到他的朋友戴大洪，也是西方文学的爱好者，他们曾多年一起"结伴买书"，并坦言自己热爱外国文学，特别是现代派文学，至少是因为这位朋友的推荐和阅读而产生的。这位戴大洪还促成了止庵对于书的各种知识，包括写作年代、源流影响、作者生平等方面的浓厚兴趣，也由此继而产生了一种文学史的意识。止庵还特别提及自己看破过一册《外国名作家传》，也买过一册戴大洪推荐的英文版《二十世纪世界文学百科全书》，并坦言"很多事情都是由这里知道的"。

如果说上述的这种阅读谱系来自作者读书的暗自摸索，其中养成的兴趣、爱好、品位等都是可以找到可供参考的具体对象的，而关于其《读诗》一章，则是更多来自师友之间的熏陶和指导。因此如果读此书的《读诗》一章，以为不如先细读此书的《师友之间》。止庵的父亲为当代著名诗人沙鸥，此文先谈其父对于他的影响，而他们父子之间对于诗歌创作与认识上的如切如磋则是十分动人的。止庵说父亲沙鸥对于他在诗歌上的影响，乃是无论时代环境如何，"仍然恪守一条艺术的底线，也就是说始终不放弃对美的追求，不忽视诗与非诗的区别"。对于中国古诗，则是受到年长他五十二岁的"老表"寥若影的影响，他们交往之间曾就古诗的探讨以书信的形式来展开，并坦言"其中又以对古人某些诗作的会心理解最为精彩，虽然话说得平易朴实，但细细品味，感到非有一种特别悟会，不能道及"。对于现代诗歌，则是其父的老朋友沙蕾，止庵称呼这位父亲的朋友为"老现代派"，"乃是就诗的写法而言，它们让我耳目一新；也许更重要的是这些诗的艺术成就所带来的震撼性，我（父亲大概多少如此）简直是因之而猛醒了"。

由此看来，止庵虽然强调自己读书，"从学校教育中获益甚少"，但一方面是受到一些名著的影响和引导，一方面则是受到师友的熏陶和指导，而还有另一方面，则是他在《思想问题》一章中开篇谈到的时代氛围的因素了。二十世纪七十年代末，社会上流行三位西方思想家，分别是萨特、尼采和弗洛伊德，止庵说他是通过弗洛伊德通向了俄罗斯的陀思妥耶夫斯基，而经由萨特，他自己则又找到了加缪；又由尼采，则对于卡夫卡有了更深的认识，乃是"由'我'而'人'，由'人'而'世界'。我的反浪漫主义、反理想主义和反英雄主义，都来源于卡夫卡"。最后还得回到周作人。止庵说以上这些西方思想家的底色，进一步讲便是人道主义，而在中国方面他则是从周作人读起，延伸到《论语》的"仁"，再到《庄子》的"自由意识"，最后又延伸到胡适的"实证主义"，可谓一个互相牵连的秘密通道，并因此形成了他自己的思想。由此也可见，任何一种选择、眼光乃至见识都可以找到它的来路，反过来说，也恰恰正是如此，我们才能更好地抵达某种目标。

二〇一六年五月六日

鱼飞向北海，可以寄远书

——读《远书》

　　二〇〇一年四月二十四日，止庵在给谷林先生的书简中抄录了《万象》杂志中有关自己的一段书缘："一九九二年春天，我到北京去查资料，在'三味书屋'遇到了一位张迷，三十出头，在一家外国商社的驻京办事处工作。他对二十世纪五十年代以后在台湾和香港出版的张爱玲的著作和相关研究资料都很熟悉，我们谈得很投机，从书店出来，意犹未尽，又一起去民族饭店的咖啡馆。走在路上，他向我提了一个问题：'你能给张爱玲的这两篇作品系上年吗？'他说的是《鸿鸾嬉》和《存稿》。"止庵在信中说，这位"张迷"就是他自己。无独有偶，止庵在他的文章《最后一幅画像》中也曾谈及此事，读来可为互补，甚是有趣，"我想起几年前在书店碰见一位据说是来自日本的张爱玲研究者，要买《李鸿章传》，因为张的祖父是李的女婿，所以想从那儿寻觅一点资料"。

止庵所提的这篇文章是邵迎建先生在《万象》杂志所发表的《张爱玲和〈新东方〉》，从止庵给谷林的信来看，他是颇为看中这段书缘的。此信之前，止庵在五天前给谷林的信中曾略有提及："不知先生看过《万象》最新一期否？其中有《张爱玲和〈新东方〉》一文，倘看了此文开头一段，再阅拙作《如面谈》之《最后一幅画像》之第五段，或者将会心一笑。"一周之内，连写两次书信给自己颇为尊敬的前辈谈及此事，可见其重视程度。偶读此段，颇感有趣，想来对于书生止庵来说，这比学者专写一文还要舒服，因为这里写的是一段彼此珍惜的书缘，加之又同为张迷；除此，这段话还颇为传神地写了止庵先生的情况，一是非专业研究者，乃是一民间读书人罢了；二是赞其读书精深广博，让专家注目；三是讲其有书生本色，引同道为知己，马路上谈学问，风神潇洒，可为佳话。

在止庵的书信集《远书》中收录了他给谷林先生的这两封书信，我读后颇想知道谷林先生对此的反应，于是在书架中翻出由其整理编选的谷林书信集《书简三叠》，但令我遗憾的是，此书并无收录这一封回信，我想大约是在编选时因故放弃了。原本打算将《远书》与《书简三叠》两书中的信函对比着阅读，但现在看来大约是不太现实了。《远书》收录止庵给谷林先生的书信二十八通，而《书简三叠》却收录了谷林致止庵的书信四十九通，其中又有许多不能互相对应，能彼此参照阅读的也为数尚少。但能依次对比着阅读也是颇为让人感兴趣的事情，两相对比，谷林先生的书简大多绵密，止庵先生的书简大多简洁。刚读时，我颇为纳闷，后来读其信才有所明白："正

因为敬重，自己也就多所拘束，不敢造次，所以九年来与
先生见面、通信，每每不敢多言，结果就失去了许多与先
生敞开心扉交谈的机会，这是我的性格使然，亦即过于拘
礼的结果罢。"（二〇〇四年六月十二日致谷林）由此看
来，止庵先生编选这本书信集重在所谈内容，并非只是为
文苑增添几许趣闻。

邵迎建夸赞止庵对张爱玲的著作颇为熟悉，其实，止
庵的读书领域远非此一处。在他写给江苏陈学勇教授的信
中，这样写道："我稍下过一点功夫的，只有先秦《庄子》
《论语》两家，前者写过一部《樗下读庄》，后者亦拟写一
本书，算是有些心得。还写过一部《老子演义》，虽则我
对《老子》的看法，多半是负面的。此外稍有了解的就是
周氏兄弟、废名、张爱玲等几人而已。"在他给黄福群的
信中，也有如此谈："今人文章，若鲁迅、周作人、废名、
张爱玲四位，我敢说'熟悉'二字，其余则浏览而已。"
止庵系近年来有名的书话家，他的书评和书话文章时常见
诸报刊，以我触目所及，涉及范围颇为广博，而他写书评
书话文字是最认真的一位，"所写多是书评，此亦促使自
己读书之方，盖因写书评至少须得先将那书看一遍也。前
些时写一篇关于福楼拜的，不过四千字，却把他的小说全
集三册通读一过，不然怕是要置诸书柜俟之来日了。近来
有杂志约写纳博科夫，则家藏十数种又可通看一遍
了"（二〇〇三年一月五日致考萍萍）。

由此看来，止庵所言自己只是"熟悉"几位现代作家
的作品，其实只是自谦之语，而因此也可推测他对于这几
位作家的阅读已达深透了，同时也可见他研究的方向与趣

味。更令我感到佩服的是，他所写的都是书话书评的小文章，但用的都是宰牛的大劲，可见其为文之认真谨慎："我看世间之人，一知半解者多矣，一知半解而有所言说者又复多矣。"对此，他对自己的读书作文是这样谈的："我大学没有学过文科的课，小学、中学逢'文革'，根本没有好好念书，所以一点功底也没有，只靠自己读书，有所体会。由此便生出一番害怕之心，觉得世间自有明眼人，看得出我的破绽。对付的办法有二：一曰藏拙，即少说乃至不说，尤其是一知半解或根本不懂者，不要自找麻烦；一曰补拙，即多下一点功夫，争取比一知半解稍强一点儿，然后再说。"（二〇〇二年二月三日致王志宏）

止庵的著作我大都买来读过，他的著作多为书评书话文字的集结，不过有几本是特殊而又为我所偏爱的，一册是《樗下读庄》，一册是《插花地册子》，一册就是这本《远书》，其中后两册书可以互相比照着阅读。《插花地册子》谈自己的阅读史，从散文、小说、诗歌一路谈来，对于我们这些晚辈来说，很受教益。而《远书》相比他的那些书话集子，则更随便一些，谈论的话题也更为开放，因为书信、日记这些私密也随性的东西最能暴露作者的真实水准，这并非我喜窥隐私，只是这些暴露的秘诀不该不收啊。因此在读这册《远书》的时候，就能常常收获许多读书为文和研究的诀窍来，其中自然也蕴含着作为一个读书人的情趣与趋向。

书话文字向来被人认为是小道，在报刊上发表，也常常有些补白或点缀的意味。但在止庵的著作之中，这样的文字几乎可以占据三分之二的地位，如此热衷于写读后随感，止庵是最有水准也最有代表的。这次读他的书信，才深切体会到个中渊源，也明白他为何接连不断地写那些看似零散的书话文字，大家读这段文字自会明白："周氏最好的文章，即是文抄公之作，可以说周氏之为周氏即在此，舍此则其价值不说尽失，也是大打折扣。周氏最高成就，乃是《夜读抄》至《过去的工作》这十五种著作，……周氏著作也前后通读过多遍，编《周作人晚期散文选》时，还曾动手抄过十几万字，得以揣摩此老行文特色。"

二〇〇二年二月三日致卞琪斌

气味辨魂灵

——读《周作人传》

　　止庵的《周作人传》资料翔实绵密，读之大为惊叹。他在其著序言中有这番夫子自道："传记属于非虚构作品，所写须是事实，须有出处；援引他人记载，要经过一番核实，这一底线不可移易。"关于所说的须有出处，在此书中就极为出色，几乎句句皆有来历。如他写道，周氏兄弟失和之后，"他们以后很可能在公开场合见过几面，彼此的文章亦偶有呼应之处"。对于两人断绝关系后很可能见过几面的叙述，止庵在注释中从两人日记的记述进行了一番详细考辨，一一指出周氏兄弟在断交之后交往应酬的相同时间与地点，并根据当时的具体环境进行了谨慎地推断；而对于断绝关系后，周氏兄弟在文章中偶有呼应之处，止庵则通过两人在诗文中数处对同一话题，在相同时间内所做出的一致反应予以判断。想来这思想上的暗合之处，绝不都是偶然的巧合。

由此可见，止庵写作这册《周作人传》所费的扎实功夫。在此书的序言中，他就有这样的叙述："我最早接触周作人的作品是在一九八六年，起初只是一点兴趣使然，后来着手校订整理，于是读了又读。先后出版《周作人自编文集》《苦雨斋译丛》《周氏兄弟合译文集》等，一总有七八百万字，连带着把相关资料也看了不少。"读了这段话，就不难明白为何关于周氏的资料，止庵均能得心应手，而他写作传记时对于援引他人记载必须经过核实这一原则，我印象最深刻的则是与我有关的一篇文章。

去岁我因偶读《邓云乡文集》，发现邓云乡提到顾随曾为周作人在南京审判的法庭提供呈文辩护，但查阅《顾随全集》《顾随年谱》和他的女儿顾之京撰写的《女儿眼中的父亲：大师顾随》等数种资料，都没有收录和提及此文，觉得其中颇有些因缘，于是一挥而就，写成了一篇杂文《顾随与周氏兄弟》，投给北京的一家读书刊物。大约这家刊物的编辑一时无法判断，便隐去姓名请止庵审读，其回信我偶然读到，不妨抄录相关文字如下："《顾随为周作人出具之证明》即如作者文章所引，顾随还曾列名《沈兼士等为周案出具证明致首都高等法院呈》，同载《审讯汪伪汉奸笔录》一书中，作者似亦未见也。至于程堂发《周作人受审始末》所云顾随'出庭辩护'，实无此事，作者进而演义为'当庭辩护'，更属无稽。"（《择简集》，《开卷》二〇〇八年第七期。）尽管系批评文字，但我着实佩服止庵眼光的毒辣，因那册《审讯汪伪汉奸笔录》确实未见全书，当时因读书不便，我请好友代抄而成。更令我尴尬的是，对于程十发文章未经核实，便抄来作证，并由此引申为顾随前往南京法庭为周作人当庭辩护，十分惭愧。在这册《周作人传》中，止庵也曾写到顾随给周作人呈文辩护的细节，所抄录的文字也是与我所引那段一致，但他却如实道来，并无更多枝叶蔓延。后来面见止庵，谈及此文，他提到自己在《沽酌集》一书中有其对于写作的一个原则，当学而时习之："一件事情发生了，先看事实究竟如何；事实或者不能明了，可依常识加以估量；常识或者不尽够用，可据逻辑加以推断。"

其实，只需粗翻这册传记，就不难发现全书如若能够借用原始资料的一定抄录原始资料的原文，绝无废话，不进行"合理想象"与"合理虚构"。这一方面是他在序文中所强调的"容有空白，却无造作"，另一方面是他在书中极为欣赏的周作人生前所竭力实践的"文抄公"笔法。对此，读止庵的这册传记，就不难发现他恰恰也是浸染了周氏美文，笔触所及处，尽量简单，"文抄公"笔法采用得极为出色。这样一来，避免了横加想象，重要的是止庵在不自觉以周氏笔法来写作周氏，以他多年学习揣摩周氏美文的笔法写就，可谓是相得益彰，气味相投。由于止庵在趣味上与周氏靠近，使得其在作传时的笔法、情趣、行文、结构等都很有些周氏的味道，特别是在对周氏的人生起落的叙事时，就能很体贴地写就，资料与运笔也都多了几分理解与宽容，这是此册传记写作的一个显著的特点。曾有书评人将止庵的这册传记与钱理群先生的《周作人传》做比较，认为仅就两书的开篇文字对比，就判断出孰优孰劣来。我读后就很不以为然，因为钱先生与止庵的性情大为不同，钱先生是以鲁迅的精神趣味来衡量周作人的，而止庵则是以周作人的趣味精神来衡量周氏本人的，自然差异很大，笔法也更难相提并论了。书评论者同样作为周氏文章的爱慕者，难怪会如此看不上钱理群先生的传记著作，但即使进行比较，也请以详细的论证来进行判断，而不该如此轻率就作结吧？

　　关于这册《周作人传》，止庵在序言中强调这只是自己的一些读后感，与自己平日写成的小文章相仿。这个实在不假。我读完全书，就不难发现，此书虽然由周作人一生线索纵贯全书，但书中各个部分也都自有重点，若拆散来读，大都是首尾呼应的好文章。诸如写周作人的思想变化，读遍全书，不难发现止庵在这册书中重点探讨了促使周作人一生变化轨迹的主要因缘，那就是周作人在《两个鬼》中所写到的"绅士鬼"和"流氓鬼"的此消彼长，这也无疑成为写作这册传记的核心所在。止庵以为这是周作人对自己最为深刻的一次剖析，他引用周氏的原文："我对于两者都有点舍不得，我爱绅士的态度与流氓的精神。"关于"绅士鬼"和"流氓鬼"，周作人后来又概括成"隐士"与"叛徒"。在这册传记中，止庵对于周氏思想的分析时，就紧紧抓住了这个核心，诸如对于周作人落水的叙述，他从此一思想出发，颇能理解周作人这一阶段的精神状态。

二〇〇九年一月

后记

　　诗经有《木瓜》一诗："投我以木瓜，报之以琼琚。匪报也，永以为好也！投我以木桃，报之以琼瑶。匪报也，永以为好也！投我以木李，报之以琼玖。匪报也，永以为好也！"中国人有"投桃报李"的成语，也是与此相关。湖南的锺叔河先生与我相交，我曾寄赠先生拙作一册，先生回赠我一册《儿童杂事诗笺释》，扉页便有先生的题词："君寄赠大作，以此报之，即所赠木桃也，愧对琼瑶多矣"。我后来据此写了一篇文章《木桃与琼瑶》，表达了对于锺先生的敬重。其实，念楼先生题跋中所表达的，乃是他对于周作人文章的感念之意。先生半生编撰知堂文集，用力甚多，有诸多开创之功，但依然有"愧对琼瑶"之叹。由此也想就自己这些年读书所受前辈的恩惠，进行一些梳理。我因此收罗旧作，编成一集，并也借锺先生之雅意，将之命名为"木桃集"。

　　文集编成后，我最想表达的，正是上述的这种微小的敬意。需要另外说明的是，集子中涉及的一些前辈和师友，均给了我很多的启发和滋养；但也有很多的师友，他们曾予我以恩惠，直接影响过我的做人与作文，我则拟在另一册文集中慢慢道及，我对他们同样充满着敬意。编选此书，也可以借此来回顾自己走过的阅读之路，其中的崎岖与荒芜，自是难免。但对于与我同好的读者朋友，或许也会略有一些借鉴。而我所能做的，就是保持初读时的那份真诚与热切，并尽量把文章写得扎实和漂亮一些。如果还有补充，便是此书中有一组文章，乃是谈周作人自编文集的，本是受了孙郁先生的著作《鲁迅书影录》的启发，拟也作一册《周作人书影录》，谈谈我对于周氏文集的理解，但目前只作了六篇。不过，所谈的这六册文集，也应是周氏最有代表性的。

最后，我要特别感谢主持"开卷书坊"的董宁文先生，他主持的这套丛书，已经成为读书界的一道秀丽风景。作为主编的董先生，则仿佛是勤于耕耘的园丁，扶锄戴笠，培土施肥，浇灌花木，营造了一片属于爱书人的清荫，让我们能够得到片刻的宁静与满足。我与宁文先生结识距今已整整十年多了，他一直关心我的读书和写作，给了我很多的鼓励和帮助。我的不少文章，最初都是刊发在他主编的《开卷》杂志上的，前次他拟将我的一册随笔集纳入这套颇有声誉的"开卷书坊"，但因我的心急，先由另一家出版社出版了。很久时间，我都为此感到不安。如今董先生又允诺将这册《木桃集》纳入新一辑的"文丛"之中，说明他并未责怪于我，更显出他的一片深情矣。因此，我把这册薄薄的

《木桃集》，也看作我与他所主持的《开卷》事业的一份美好纪念。

二〇一八年六月十三日

策 划

宁孜勤

主 编

董宁文

第一辑

开卷闲话六编 ｜子 聪
我的歌台文坛 ｜宋 词
纸醉书迷 ｜张国功
书林物语 ｜沈 津
条畅小集 ｜严晓星
书虫日记二集 ｜彭国梁
劫后书忆 ｜躲 斋
寻我旧梦 ｜鲲 西

第二辑

开卷闲话七编 ｜子 聪
邃谷序评 ｜来新夏
难忘王府井 ｜姜德明
楷柿楼杂稿 ｜扬之水
开卷有缘 ｜桑 农
书虫日记三集 ｜彭国梁
书虫日记四集 ｜彭国梁
笔记 ｜沈胜衣
我来晴好 ｜范笑我
听雪集 ｜许宏泉
旧书的底蕴 ｜韦 泱
旧书陈香 ｜徐 雁

第三辑

开卷闲话八编	子　聪
一些书一些人	子　张
左右左	锺叔河
西窗看花漫笔	李文俊
待漏轩文存	吴奔星
自画像	陈子善
文人	周立民
我之所思	刘绪源
温暖的书缘	徐　鲁
书缘深深深几许	毛乐耕

第四辑

开卷闲话九编	子　聪
文坛逸话	石　湾
渊研楼杂忆	汤炳正
转益多师	陈尚君
退密文存	周退密
回忆中的师友群像	钱伯城
旧日文事	龚明德

第五辑

开卷闲话十编	子　聪
白与黄	张叹凤
拙斋书话	高克勤
雨脚集	止　庵
北京往日抄	谢其章
文人影	谭宗远
云影	吴钧陶
怀土小集	王稼句

第六辑

人在字里行间	子　张
书话点将录	王成玉
人生不满百	
——朱健九十自述	朱　健
	肖　欣
百札馆闲记	张瑞田
夜航船上	徐　鲁
近楼书话	彭国梁

第七辑

闲话开卷　　　｜子　聪

木桃集　　　　｜朱航满

百札馆三记　　｜张瑞田

文人感旧录　　｜眉　睫

新月故人　　　｜唐吟方

三柳书屋谭往　｜顾村言

图书在版编目(CIP)数据

木桃集/朱航满著.—上海：文汇出版社，
2018.8
(开卷书坊/董宁文主编.第七辑)
ISBN 978 - 7 - 5496 - 2660 - 1

I.①木… II.①朱… III.①随笔-作品集-中国-
当代 IV.①I267.1

中国版本图书馆 CIP 数据核字(2018)第 138800 号

木桃集

策　　划 / 宁孜勤
主　　编 / 董宁文
书名题签 / 刘　涛
篆　　刻 / 韩大星

作　　者 / 朱航满
特约审读 / 卢润祥
责任编辑 / 鲍广丽
封面装帧 / 观止堂_未泯

出版发行　文汇出版社
　　　　　上海市威海路 755 号
　　　　　(邮政编码 200041)
经　　销 / 全国新华书店
排　　版 / 南京展望文化发展有限公司
印刷装订 / 上海天地海设计印刷有限公司
版　　次 / 2018 年 8 月第 1 版
印　　次 / 2018 年 8 月第 1 次印刷
开　　本 / 889×1194　1/32
字　　数 / 170 千字
印　　张 / 8.5

ISBN 978 - 7 - 5496 - 2660 - 1
定　　价 / 42.00 元